O TÚMULO DA BORBOLETA

ANNE CASSIDY

O TÚMULO DA BORBOLETA

the MU'rDeR noTebookS

Tradução de
Viviane Diniz

ROCCO
JOVENS LEITORES

Título original
THE MURDER NOTEBOOKS
BUTTERFLY GRAVE

Copyright © Anne Cassidy, 2013

O direito moral da autora foi assegurado.

Todos os direitos reservados. Nenhuma parte desta obra
pode ser reproduzida, ou transmitida por qualquer forma ou
meio eletrônico ou mecânico, inclusive fotocópia, gravação ou sistema
de armazenagem e recuperação de informação, sem a permissão escrita do editor.

Direitos para a língua portuguesa reservados
com exclusividade para o Brasil à
EDITORA ROCCO LTDA.
Av. Presidente Wilson, 231 – 8º andar
20030-021 – Rio de Janeiro – RJ
Tel.: (21) 3525-2000 – Fax: (21) 3525-2001
rocco@rocco.com.br | www.rocco.com.br

Printed in Brazil/Impresso no Brasil

preparação de originais
ANA BEATRIZ BRANQUINHO

CIP-Brasil. Catalogação na Publicação
Sindicato Nacional dos Editores de Livros, RJ

C338t Cassidy, Anne
O túmulo da borboleta/Anne Cassidy; tradução: Viviane Diniz.
Primeira edição. Rio de Janeiro: Rocco Jovens Leitores, 2016.
(The Murder Notebooks; 3)

Tradução de: The Murder Notebooks: Butterfly Grave
ISBN 978-85-7980-258-4

1. Ficção infantojuvenil inglesa. I. Diniz, Viviane. II. Título. III. Série.

15-2593   CDD: 028.5   CDU: 087.5

O texto deste livro obedece às normas do
Acordo Ortográfico da Língua Portuguesa.

*Para Alice Morey e Josie Morey,
minhas adolescentes preferidas.*

1

Rose Smith pensava muito sobre assassinato. No ônibus, voltando para casa de uma ida às compras de Natal, olhava para os passageiros adiante enquanto uma imagem após outra forçava caminho em sua mente. Havia a garota flutuando de rosto para baixo nas águas de um lago silencioso, o cabelo aberto ao redor dela como algas. Um garoto caído em uma passarela ferroviária, sua vida se esvaindo depois de uma única facada; e, dias depois, a namorada dele morta numa passagem de um jardim de rosas. O homem afogado com as mãos amarradas atrás das costas, o corpo levado pelas águas até um píer, enquanto turistas assistiam.

Não era algo sobre o qual falava com a avó, Anna. Tampouco mencionava essas preocupações mórbidas ao irmão de criação, Joshua. Guardava tudo para si mesma, bem trancado na mente. Só pensava neles quando estava sozinha.

Esperava que fossem as últimas mortes.

Desceu do ônibus e costurou seu caminho por meio da multidão que enchia as ruas no fim de tarde, voltando para a casa de Anna. Quando chegou à esquina de sua rua, ficou surpresa ao ver Joshua esperando por ela. Ele usava o casaco cinza de tweed que comprara no Camden Market alguns dias antes. O agasalho passava dos joelhos dele e o fazia parecer alguém saído de um filme antigo. Seu cabelo estava mais curto do que o normal, a barba, por fazer, e ele parecia um pouco distraído.

– Tentei ligar para você – disse ele, andando com Rose. – Seu telefone caía direto na caixa postal.

– Devo ter desligado.

– Sua avó disse que estaria aqui por volta das cinco, então decidi esperar.

– O que houve?

– Meu tio Stu sofreu um acidente. Caiu de um penhasco enquanto passeava com a cachorra.

Rose parou de andar, chocada.

– Ele está bem, eu acho. Ossos quebrados. Costelas fraturadas. Um pouco de hipotermia. Enfim, ele não está exatamente *bem*, é claro...

– O penhasco era muito grande?

– Grande o bastante. O lugar se chama Cullercoats, e é onde costumávamos levar a cachorra dele para passear. O policial com quem falei contou que meu tio ficou caído lá a noite toda. Parece que despencou em um pedaço que tinha arbustos e coisas assim, que o protegeram do pior do frio, mas deve ter ficado lá por horas, sem poder se mover.

– Isso é horrível.

– Eu sei.

– Ele não tinha um telefone?

– Costumava ter. Deve ter caído com ele e ido parar em algum lugar fora de alcance.

– Mas ele está bem, não é? Ele não...

– Não, Rose. Ele não vai morrer.

– Não quis dizer isso. Eu não...

– Isso significa que vou para Newcastle amanhã, e não mais na véspera de Natal.

– Claro!

– Skeggsie está feliz com a ideia de sairmos alguns dias antes, então vamos fazer as malas esta noite. Isso significa que vou ficar longe por mais tempo do que planejei, mas...

– Você tem que ir. É claro que tem.

– Por que você não vem com a gente?

Tinham chegado à casa de Rose. Ela sabia que Anna devia estar lá dentro elegantemente vestida como sempre e, provavelmente, ouvindo música clássica.

– Eu, você e Skeggs? Vamos caber no carro?

– Claro. Vamos ter que nos apertar um pouco, mas tudo bem. Em todo caso, com Stu no hospital, seria bom ter você por lá.

– Anna está esperando que eu passe o Natal com ela.

– Você pode perguntar. O máximo que ela vai dizer é não.

– Pode deixar. Vou perguntar a ela. Ligo para você mais tarde.

Joshua sorriu, enganchou o braço em volta do pescoço dela e lhe deu um beijo no rosto. Depois, seguiu pela rua. Rose tocou a pele no lugar do beijo. Olhando para ele, o familiar sentimento de saudade agitou seu peito. Era tão bom vê-lo, estar com ele, mesmo que apenas por alguns instantes. Respirou fundo, pegou a chave da porta no bolso e entrou em casa.

Guardou as sacolas de compras no quarto e, em seguida, desceu. Anna estava na sala de estar, sentada junto à antiga e pequena escrivaninha, escrevendo em um caderno. Rose ouviu uma música tocando bem baixo. Decidiu que tinha de ser direta e perguntar logo sobre o Natal. Sabia que Anna tinha feito planos para as duas visitarem alguns dos amigos dela e viajarem para concertos de música no Barbican e no Royal Festival Hall. Também dissera que gostaria que Rose a acompanhasse à igreja no dia de Natal.

Nenhuma dessas coisas interessava muito a Rose, mas ela repetia a si mesma que seria apenas por alguns dias – o verdadeiro feriado de Natal seria o tempo que passaria com Joshua.

– Anna, tenho uma má notícia.

– Sério?

– O tio do Joshua sofreu um acidente. Ele caiu de um penhasco e está no hospital.

– Um penhasco? Meu Deus, isso parece horrível. Foi por isso que ele veio aqui mais cedo? Ele parecia um pouco preocupado. O pobre homem está no hospital?

– Sim e a questão é... Bem, Joshua vai a Newcastle amanhã para vê-lo e me perguntei...

Fale, Rose, pensou ela. *Fale em voz alta.*

– Se você não se importasse, pensei que poderia ir com ele. Ficar na casa do tio dele. Tentar ajudar um pouco. Sei que isso significa deixá-la sozinha...

– É claro que você deve ir, Rose.

Anna se levantou e fechou o caderno em que escrevia.

– É que ele pode precisar de alguém para...

– Eu entendo. É bom que se ofereça para ajudar. Vou ficar bem. Recusei alguns compromissos porque não queria entediá-la, mas agora posso comparecer. Vou me manter ocupada. Vá para Newcastle com o Joshua. E, claro, transmita meus votos de melhoras ao pobre homem quando o encontrar.

Anna deixou a sala. Rose franziu a testa, intrigada, enquanto a via sair. Mais tarde, depois de ligar para Joshua para lhe contar, podia jurar ter ouvido a avó cantando baixinho enquanto descia a escada. Rose não esperava ansiosa por passar o Natal com Anna. Havia alguma razão para pensar que Anna se sentia diferente? Suspirou. A avó mudara muito nas últimas semanas. Houve uma época em que Rose não podia mencionar o nome de Joshua. Agora Anna aceitava que ele fazia parte da vida de Rose. Na verdade, ela parecia aliviada por Rose ter mais alguém.

Na manhã seguinte, Rose continuou na cama depois que o despertador tocou. A chuva salpicava o vidro e o vento passava por entre as árvores, balançando-as. Ela esfregou os olhos. Embora o quarto ainda estivesse escuro, podia ver o contorno das roupas que pendurara na parte de trás da porta. Uma jaqueta preta. Uma calça preta. Uma blusa cinza. No tapete estavam suas botas pretas, sua bolsa e a mochila. Ela ia mesmo para Newcastle.

O relógio marcava 6h18. Joshua e seu colega de apartamento, Skeggsie, vinham buscá-la às sete. Pouco antes de dormir, havia recebido uma mensagem de Joshua dizendo que o tio ia passar por uma operação na perna no dia seguinte. Fora isso, estava *bem*.

Aquele com certeza não era o Natal que tinham planejado. O período de Joshua e Skeggsie na faculdade Queen Mary tinha acabado na sexta anterior. O colégio de Rose entrara no recesso de Natal no mesmo dia. Skeggsie, o colega de Joshua, planejara levá-lo até Newcastle na véspera de Natal: Joshua ia para a casa de seu tio Stuart, e Skeggsie, para a do pai, ali perto. Skeggsie estava realmente animado com a viagem. Tinha dito a Joshua que queria ir ver o Anjo do Norte, por causa de uma ideia para um projeto de arte ligado a ele, envolvendo fotografia e animação. Queria testar uma nova câmera e pedira a Joshua para ajudá-lo.

Joshua e Rose tinham comprado seus presentes no Camden Market: Rose encontrara um vaso de cristal antigo para Anna em uma loja de antiguidades, e Joshua, uma jaqueta de couro de segunda mão para o tio e um cobertor com marcas de patas para a cachorra dele, Poppy. Skeggsie não tinha ido com eles. Comprara seus presentes de Natal pela internet, e eles ainda estavam em caixas de papelão embaixo de seus computadores.

Agora as coisas tinham tomado um rumo diferente, e a alegria de Rose em ir para Newcastle com Joshua estava mesclada à culpa. Tinha de ficar se lembrando de que o tio de Joshua sofrera uma queda feia. Ela estava indo para *ajudar*, e não para se divertir.

Levou a mochila e a bolsa para o corredor e deixou-as junto à porta da frente. Depois foi até a cozinha para dar à avó seu presente de Natal. Tinha embrulhado o vaso com papel de seda prata e fita.

Anna estava sentada à mesa comendo um croissant. Ao lado de seu prato havia um pequenino pote de geleia. Tinham dezenas deles no armário. Anna gostava de abrir um novo cada vez que ia usar. Esse era um dos motivos que faziam a casa de Anna parecer um pouco um hotel.

– Já está pronta?

Rose fez que sim. Então colocou o vaso embrulhado na mesa.

– Queria dar seu presente de Natal, já que não vou estar aqui no dia.

– Que lindo! Aqui está o seu.

Anna estendeu um pacote retangular. Rose sorriu, mas pegou o pacote sem entusiasmo. Anna havia comprado todos os seus presentes em duas ou três lojas do West End e mandara embrulhar tudo por lá. O presente parecia uma pequena obra de arte, os cantos em ângulos retos, uniformemente preso por uma fita que saía do centro.

– Abra quando quiser. Achei que você ia gostar.

– Obrigada – disse Rose. – Vou levá-lo comigo.

A campainha tocou.

– São eles.

– Diga ao Joshua que sinto muito pelo acidente do tio dele.

– Pode deixar.

A campainha tocou novamente.

– Tenho que ir.

Ela se abaixou em direção à avó, que parou de passar manteiga no croissant e ofereceu a bochecha para um beijo. Então Rose saiu depressa pelo corredor e pegou a mochila e a bolsa. O Mini Cooper estava a algumas vagas de estacionamento de distância na rua. Joshua pegou a bagagem dela e colocou na parte de trás do carro, junto às coisas que já estavam comprimidas lá.

– Você está bem? – perguntou Rose, olhando para ele.

Joshua assentiu. Então manteve a porta aberta para ela poder subir. Eles seguiram pela rua e saíram da estrada principal em meio ao trânsito lento. Depois de alguns instantes, Joshua virou um pouco o corpo no banco.

– Ontem liguei para a polícia para conversar sobre o acidente do Stu tarde da noite – disse ele. – Stu não está falando muito. Ele tomou alguns analgésicos, mas parece que também sofreu um ferimento na cabeça.

– Talvez isso explique por que não ligou para ninguém.

– Não, não foi por isso que ele não ligou. Encontraram o celular dele na trilha do penhasco. Como se ele tivesse deixado cair durante a caminhada. Também encontraram uma garrafa vazia de uísque no carro dele.

Rose não sabia o que dizer. Olhou para Skeggsie pelo espelho retrovisor. Ele provavelmente já tinha ouvido aquilo.

– Então não sei bem o que aconteceu. Pensei que talvez ele tivesse perdido a Poppy, saído atrás dela e caído do penhasco. Nos dias de semana, Stuart geralmente a leva para a área de lazer local, mas, por algum motivo, ele subiu a trilha do penhasco. Isso é estranho porque é preciso ir de carro até lá, e é muito escuro e perigoso. É o tipo de caminhada que fazíamos nos fins de semana ou nas noites de verão, não em dezembro. Agora parece que ele podia estar bêbado e ter errado o caminho.

– Talvez tivesse tido um dia ruim na escola.

– Talvez.

A voz de Joshua tinha um tom de raiva.

– Provavelmente vamos descobrir mais quando chegarmos lá – disse ela.

Joshua virou-se de novo para a frente. Skeggsie ligou o rádio num programa de entrevistas e eles seguiram em silêncio, prestando atenção. Depois de algum tempo, Joshua começou a se remexer e Rose viu que tentava tirar algo do bolso. Um pequeno bloco e uma caneta. Ele folheou as páginas algumas vezes.

– Podemos parar um pouco? – perguntou ele. – Tem um Mercedes preto atrás da gente desde que saímos da rua da Rose.

Rose sentiu o pescoço ficar tenso.

– Quero ver se está nos seguindo.

– Claro – disse Skeggsie. – Vamos passar o próximo sinal, então eu paro.

Rose virou-se e viu um carro preto atrás deles. O motorista era um homem de cabelos grisalhos e ao lado dele havia uma mulher da mesma idade. Rose franziu a testa. Pareciam um casal. Por que diabos estariam seguindo o Mini?

Ela ouviu a seta e viu Skeggsie sair do tráfego até um lugar vago para estacionar. O Mercedes passou direto e Rose observou, para seu espanto, que Joshua estava anotando a placa em seu bloco. Depois o fechou e o pousou no painel. Skeggsie ligou o carro de novo, mas Joshua estendeu a mão.

– Espera um pouco, vamos dar mais alguns minutos. Depois que voltarmos a andar, temos que ficar de olho e ver se esse carro vai aparecer de novo mais para a frente.

Quando seguiram, Rose tentou esticar as pernas, mas o banco e o espaço para os pés estavam cheios das caixas de papelão de Skeggsie. Em cima delas, havia uma pequena mala marrom, antiquada e surrada, com quinas duras, então ela não conseguia se recostar.

Resmungou baixinho e olhou para a estrada pelas janelas lateral e traseira. O Mercedes não estava mais à vista.

Eles não estavam sendo seguidos. Joshua só estava ansioso.

II

Uns cento e cinquenta quilômetros depois, eles se aproximaram de um posto de gasolina. Tocava música no carro. Era uma nova banda que Skeggsie tinha começado a ouvir desde que fizera amizade com Eddie, um rapaz da universidade, que era do seu curso. Não era um som de que Rose particularmente gostasse, mas ainda assim ficou feliz, porque estava com dificuldade para encontrar algo sobre o que falar.

Eles tomaram bebidas quentes e comeram alguns donuts na loja de conveniência. Depois, Rose foi ao banheiro, onde lavou as mãos e jogou um pouco de água no rosto para acordar. Então se afastou da pia e olhou-se no espelho.

O vidro estava granulado e manchado. Rose viu seu rosto oval e a pele pálida. O cabelo castanho estava na altura do queixo e ela usava uma meia franja. Naquele dia, estava de brinco: brilhantes discos azuis – a cor exata da borboleta Morpho que havia tatuado no braço. Seus brincos se destacavam contra o casaco preto de gola alta. Tinham sido um presente de Natal de Joshua, que os comprara no Camden Market. *Coloque um pouco de cor na sua vida, Rosie!*, dissera ele ao lhe dar os brincos desembrulhados antes das festas de fim de ano. Eles pendiam de suas orelhas e pareciam se mover no ar como criaturas aladas. Joshua sorrira quando ela os colocara e dissera: *Quer saber? Você está a cara da Kathy.*

O comentário a surpreendera. Kathy, sua mãe, que desaparecera há cinco anos. Ela saíra para um jantar com o pai de Joshua, Brendan, e nenhum dos dois tinha voltado. Eles não os viam desde então.

Será que se parecia com a mãe?

Rose pegou um potinho de hidratante labial do bolso do casaco, passou na boca e se pegou olhando para o espelho com a visão embaçada pelas lágrimas. Tirou, então, um lenço do bolso e enxugou o canto dos olhos, para não borrar a maquiagem. Depois assoou o nariz e saiu.

Lá fora, no carro, Skeggsie estava com a mão no ombro de Joshua, que olhava para o telefone, parecendo aflito. Os carros passavam zunindo, uma torrente de barulho.

– O que houve? – perguntou ela.

– Josh está vendo o jornal local na internet.

– E o que diz?

– Leia – disse Joshua, mostrando o celular a ela.

Rose olhou para a pequena tela e viu uma manchete:

Mistério da queda do professor

Stuart Johnson, quarenta e cinco anos, professor na Academia Kirbymoore, sofreu uma queda nos penhascos Cullercoats na noite de quarta-feira, dia 19 de dezembro. Fontes policiais dizem que ele ficou preso em uma saliência do penhasco por mais de oito horas antes de ser visto por um homem que passeava com o cachorro na manhã de quinta. Amigos do professor dizem que ele andava deprimido depois de se separar da namorada e tinha começado a beber muito.

Rose rolou a página para baixo, mas não havia mais nada, apenas anúncios.

– Não entendo. Quem são esses *amigos*? Quem diria isso? Em todo caso, eu achava que ele e a namorada estavam bem – disse Rose.

– Talvez a polícia tenha dado a história para o jornal.

– Isso é terrível. Ele é um professor. Isso não vai ser nada bom para a carreira.

– Vamos indo – disse Skeggsie. – Quanto antes chegarmos lá, mais cedo vai poder falar com ele. Você sabe como são esses jornalecos locais... publicam qualquer lixo velho...

Joshua assentiu e guardou o celular. Skeggsie foi para a porta do motorista enquanto Joshua pegava seu bloco de anotações e folheava as páginas, olhando para os carros e vans mais próximos.

– Só verificando algumas placas.

Rose olhou para Joshua, que estava de cabeça baixa, esperando ele levantar o rosto e sorrir, e talvez até fazer uma piada sobre isso. Mas ele não fez nenhuma dessas coisas. Continuou folheando as páginas, olhando com atenção para as fileiras de carros.

Ela, então, olhou para Skeggsie e encolheu ligeiramente os ombros.

Joshua virou-se para os dois.

– Precisamos ter cuidado. Não se esqueça do que aconteceu quando o russo me seguiu há algumas semanas. Eu não esqueci.

Skeggsie assentiu rapidamente e entrou no carro. Rose foi logo depois.

Ela ficou cochilando e acordando o resto da viagem. De vez em quando, ouvia vozes murmuradas vindo da frente do carro, onde Joshua e Skeggsie conversavam entre as faixas das músicas. Logo depois de Washington, eles pararam para abastecer o carro. Joshua saiu para pagar, mas Rose ficou no carro. Ela se virou, soltou sua pequena bolsa da parte de trás e colocou-a junto aos pés. Depois pegou um lenço umedecido e passou na pele. Estava se sentindo confinada no carro e entediada com a viagem. Ela queria perguntar: "Falta muito para chegarmos?", mas esse era um comentário típico de criança. Quando o carro finalmente saiu, Joshua sintonizou um programa de entrevistas no rádio. O apresentador tinha um sotaque de Newcastle, e Rose se perguntou se ele esperava ouvir alguma coisa sobre o acidente do tio. Joshua tinha cruzado os braços e parecia tenso, olhando para a frente.

Rose estava preocupada com ele.

Nas últimas semanas, mesmo sem aquele drama recente, Joshua tinha começado a mudar. Em vez de confiante, ele agora parecia tenso e nervoso. A atitude relaxada de quando se encontraram pela primeira vez, em setembro, após cinco anos separados, fora destruída pelas coisas que haviam acontecido com os dois.

Ela se lembrava daquela primeira noite. Na época, estava toda ansiosa e animada para vê-lo. Tinha deixado o internato meses antes e começara a estudar em um colégio em Camden. Ele estudava numa universidade em East London, e, embora tivessem mantido contato durante meses por e-mail, ainda não haviam se visto. Enquanto ia ao encontro dele naquela noite, parecia uma garota nervosa com um primeiro encontro. Tinha visto fotos de Joshua, mas não fazia ideia de como seria estar ao lado dele, que já não era mais o menino estranho e desajeitado com quem morara um dia. Agora ele estava ali, de carne e osso, e um homem já.

Ela não se decepcionara.

Nos meses que se seguiram desde então, muita coisa tinha se passado, fatos sombrios e descobertas surpreendentes sobre o desaparecimento de seus pais. E, durante esse tempo, uma coisa estranha começava a acontecer com Rose. Ela passara a sentir uma crescente atração por Joshua. No passado, costumava pensar nele como seu irmão de criação, mas na verdade ele não era seu parente. Seus pais nunca tinham se casado e não havia nenhuma ligação de sangue entre eles. Mas os quatro moraram juntos, e Rose pensava nele como a única família que ainda tinha no mundo. Só que, quando finalmente o encontrou, sentimentos completamente novos e perturbadores começaram a crescer dentro dela. Cada abraço que Joshua lhe dava, cada vez que ele tocava seu braço ou segurava sua mão, ela sentia um forte desejo e queria beijá-lo. Mais de uma vez sentiu seus lábios atraídos para os dele. Mas sempre procurava se conter e se afastava.

Rose havia se apaixonado por ele.

Ela escondia seus sentimentos e tentava fingir que as coisas estavam normais entre eles. Irmãos adotivos, segundo a lei consuetudinária; isso é o que eles eram. Mas não explicava as noites em que ela não conseguia dormir nem a emoção que invadia seu peito quando ele tocava seu cabelo, seu pescoço ou seus dedos.

Chegara a pensar em contar a ele algumas vezes. *Sei que sempre pensamos em nós dois como irmãos de consideração*, poderia dizer, *mas na verdade não há nada que nos impeça de nos aproximarmos*. E se ela tivesse dito isso? Imaginava o mundo parando por um instante, enquanto ele tentava entender o que ela queria dizer. Ele podia encará-la com o olhar vazio de incompreensão. Ou podia ficar chocado e até com raiva.

Isso podia estragar tudo.

Depois da viagem de compras a Camden e os brincos azuis, ela lhe dera o presente que comprara para ele de Natal: um livro sobre pontes mundialmente famosas. Ele gostara e começara a folhear imediatamente. Então a abraçara, por mais tempo do que ela esperava. *Vou sentir saudades quando estiver em Newcastle*, ele havia sussurrado, e passara a mão para cima e para baixo nas costas dela, fazendo sua espinha enfraquecer e a pele formigar. Depois do que pareceu uma eternidade, ele se afastou dela e olhou, por um segundo, como se quisesse dizer alguma coisa.

Ela devia ter aproveitado aquela hora para falar. Mas não conseguira dizer nada. Em seguida, a porta da frente batera e Rose dera um passo atrás, assustada, sabendo que Anna chegara em casa. O momento havia passado.

Finalmente, depois do que pareceram horas, eles estavam fora da via expressa e de volta às estradas normais, com semáforos e faixas de pedestres. Passaram por ruas cheias de casas, lojas, oficinas e depósitos. À medida que seguiam, ela via mais pessoas caminhando, algumas com carrinhos de bebê, cachorros em guias e carrinhos de compras. Também havia barulho:

buzinas de automóveis, o ruído dos freios e trechos de música que vinham de outros carros.

O Mini parou em uma fila.

– O túnel Tyne – disse Joshua. – Temos que seguir por baixo do rio.

Eles continuaram e, em poucos minutos, estavam abaixo da superfície, o carro perto de um outro na frente, todos seguindo na mesma direção, um estranho silêncio se estabelecendo, isolado dos ruídos e da vida na rua. De repente, com uma explosão de luz do dia, emergiram do outro lado. De volta às estradas suburbanas, em direção à casa de Joshua. Rose abriu um pouco sua janela e notou um cheiro forte de maresia no ar.

O carro virou em uma rua, diminuiu a velocidade e parou.

– Chegamos – disse Joshua.

As casas eram feitas de tijolos, semigeminadas, e com jardins na entrada. Ela ficou surpresa. As construções a faziam lembrar da casa em que ela e Joshua tinham morado em East London, com sua mãe e Brendan, na Brewster Road.

– Estamos em Newcastle? – perguntou ela.

– Whitley Bay. A cerca de vinte minutos do centro da cidade.

Eles descarregaram o carro e Skeggsie partiu para a casa dele. Depois que ele foi embora, as bolsas ficaram no corredor e Joshua abriu as cartas que se acumularam em uma pilha.

Rose olhou em volta.

O interior da casa era muito parecido com o de onde moravam antes. Ela andou um pouco e espiou a sala de estar. Havia uma janela que se projetava para fora da construção e uma lareira com azulejos decorativos de cada lado, assim como em sua antiga casa, no entanto, os azulejos de lá tinham flores amarelas e ela se lembrava de que o de baixo estava rachado. Ali eram crisântemos rosa, e os azulejos estavam todos intactos. Ela andou um pouco mais pelo corredor. A porta dava para uma grande cozinha com sala de jantar, um cômodo que anteriormente era dividido, mas depois fora reunido em um só. Isso também era exatamente igual à casa da Brewster Road. Rose se perguntou se no andar de cima haveria três quartos, um deles minúsculo, e um banheiro nos fundos.

Será que Joshua já tinha notado as semelhanças?

– Quer que eu prepare uma bebida quente? – perguntou ela.

Joshua assentiu, distraído com as cartas.

Ela foi até a cozinha e encheu a chaleira, encontrou algumas xícaras no armário e um pouco de café. Enquanto fervia a água, olhou para a mesa no meio do cômodo. Era de madeira escura brilhante com cadeiras combinando, cada uma em seu perfeito lugar. A mesa deles na Brewster Road não era tão elegante. Era quadrada e de madeira, e tinha quatro cadeiras estranhas em volta. Uma das pernas era menor do que as outras, então a mesa ficava bamba e oscilava como uma gangorra.

Assim que Brendan e Joshua foram morar com ela e sua mãe, tornaram-se instantaneamente uma família. Os dois se encaixaram perfeitamente nos lugares vazios da mesa da cozinha. Eles jogavam cartas e faziam suas refeições ali, às vezes, ao mesmo tempo. Cortavam bolos e serviam fatias em pratos de porcelana. Liam jornais, abriam cartas e cartões de Natal e aniversário. Eles discutiam e faziam as pazes àquela mesa. Joshua assumira a tarefa de dobrar pedaços de papel e papelão para colocar embaixo da perna bamba a fim de estabilizá-la. Dias depois ela estava balançando de novo.

Joshua tinha onze anos, dois a mais do que ela. Rose havia ficado impressionada com aquele garoto alto e desengonçado que dividia a casa com ela. Ele já estava na escola dos grandes, usava um uniforme elegante e estudava latim e francês. Joshua a chamava de Rosie, e a princípio ela não gostara. O quarto dele era minúsculo, mas ainda assim ele o enchera de computadores e peças de máquinas antigas que gostava de consertar. Ele dava um jeito no computador dela sempre que não fazia o que ela queria que fizesse. Em troca, ela tocava músicas para ele em seu violino. Às vezes, ela lhe preparava xícaras quentinhas de chá e sanduíches de queijo com grandes colheradas de molho de picles, e eles se sentavam à mesa da cozinha para comer.

– Você está bem, Rosie?

A voz de Joshua invadiu seus pensamentos. Ele estava de pé junto à porta da cozinha com as cartas na mão.

– Claro – respondeu ela, virando-se para a chaleira e colocando água fervente nas xícaras.

– Você tem tomado cuidado ultimamente? – perguntou Joshua. – Nenhum sinal de alguém observando você? No caminho para o colégio? Enquanto você está lá?

– Não – disse ela.

Ela havia respondido a essas perguntas inúmeras vezes nas últimas semanas. Joshua não se preocupava apenas com carros os seguindo. Mas pessoas também.

– Você olha em volta para ver quem está por perto no colégio? E no trem? E pela janela de casa? Só para ter certeza de que não há ninguém vigiando?

– Olho. Olho mesmo.

Ela abriu um sorriso discreto.

– Não podemos baixar a guarda, Rosie. Precisamos ter cuidado o tempo todo. É um mundo perigoso.

A testa dele estava enrugada de preocupação. Ela queria que ele pudesse consertar isso como fazia com seu computador e a mesa bamba.

Mas ele não podia. Seu tio estava no hospital, e o pai dele e sua mãe ainda estavam desaparecidos. Não havia como *dar um jeito* nas coisas tão facilmente.

III

A campainha tocou. Rose foi atender.

Havia uma mulher loira parada do lado de fora, segurando um cachorro. Ela não usava um casaco e segurava as chaves de um carro com a mão livre. Seu cabelo estava puxado para trás em um rabo de cavalo, como os usados por adolescentes.

– Meu nome é Susie – disse ela. – Eu era namorada do Stu. Trouxe a Poppy de volta.

Poppy fazia força na guia. A cadela vira Joshua atrás de Rose no corredor. Susie a soltou e ela correu em direção a ele, levantando-se sobre as patas traseiras. Rose se afastou. A cachorra era branca e marrom e parecia uma collie. Pulou em Rose, que lhe fez um carinho, afastando-se um pouco para se defender. Rose não gostava muito de cachorros. As unhas de Poppy raspavam o chão e sua respiração ofegante e os guinchos de alegria preencheram o corredor. Joshua agachou-se, e a cadela deitou-se de costas, o rabo balançando sobre as tábuas.

– Você é o Joshua – disse a mulher, sem rodeios. – Susie Tyler. Finalmente nos conhecemos. Cheguei em uma hora ruim? Bem, sei que é uma hora ruim...

– Não, por favor, entra...

– Poppy sentiu sua falta – comentou Susie.

– E eu senti a dela.

Fez-se um silêncio constrangedor.

– Vamos para a sala de estar – pediu Rose, sentindo-se desconfortável.

– Poppy pode ficar na cozinha até se acalmar – disse Joshua, e fez uns barulhos para chamar a Poppy. Acariciou-a enquanto a cadela andava para trás e para a frente animadamente pelo corredor.

Susie foi atrás de Rose em direção à pequena sala de estar, na frente da casa.

– Está frio aqui – disse ela. – Esta sala está sempre fria.

A impressão de Rose foi a de que Susie estava horrível. Seu penteado era simples e a pele parecia drenada de sangue, amarelada. Ela usava calça jeans e um suéter folgado, os punhos cobrindo as mãos. Sentou-se no sofá e cruzou as pernas, os cotovelos nos joelhos, e uma enorme imitação de diamante em forma de "S" pendia das chaves do carro. Joshua entrou na sala.

– Você quer uma bebida? Chá? Café?

Susie balançou a cabeça.

– Eu fumaria um cigarro, se não tivesse parado há umas duas semanas. Como está o Stu? Você o viu?

– Não. Acabamos de chegar. Sei que ele passou por uma operação hoje.

Joshua se sentou.

– Mas ele vai ficar bem? Não sofreu nenhum dano permanente?

– Realmente não sei.

– Eu gostaria de vê-lo, mas...

– Susie, o que aconteceu entre você e o Stu? O jornal disse que vocês terminaram e que ele estava bebendo muito.

– Certo. Então você não entrava mesmo em contato com ele? Quero dizer, ele não lhe contou o que estava acontecendo entre a gente?

– Ele não era de falar muito.

– Acho que é melhor eu ir direto ao ponto. Sou casada.

– Ah.

– Stu sabia que eu era casada. Pelo menos sabia que eu ainda morava com meu marido, mas não tínhamos mais nada um com o outro. Vivíamos em partes separadas da casa. O problema é que não é tudo assim, preto e branco. Você ama alguém. Você não ama alguém. Você se casa, você deixa de gostar, você se divorcia. Simples. Mas o amor não é assim...

– Susie, só quero saber sobre o Stu – interrompeu Joshua de modo gentil.

– Certo – disse ela, fungando, e procurando se sentar direito, usando uma das mãos para puxar o suéter enorme para baixo nas pernas. – Conheci o Stu em uma corrida de carros antigos. O marido da minha irmã é louco por carros antigos, então fomos. Minha irmã reconheceu Stu porque ele ensinava história a meu sobrinho. Bem, fui pegar um chá, Stu estava lá e começamos a conversar. Ele me contou sobre o clássico MG Roadster que tinha na garagem e que estava restaurando. Me chamou para ver o carro e perguntei se ele passava essa cantada em todas as mulheres que conhecia. Enfim, eu trabalho no supermercado Morrisons, na parte da farmácia. Eu o vi lá alguns dias depois e ele me chamou para jantar em sua casa e foi assim que tudo começou. Na época, eu e meu marido, Greg, estávamos falando sobre nos separarmos. Nunca pudemos ter filhos, entende. Já tínhamos passado por aconselhamento e outras coisas, mas não víamos mais solução.

– Stu sabia disso? Desde o início?

– Ele sabia. Contei a ele que Greg e eu não dormíamos no mesmo quarto há dois anos.

Joshua olhou para Rose e depois para o tapete. Não falou nada. Os únicos sons eram os suaves gemidos da Poppy vindo da cozinha. Susie não pareceu notar seu constrangimento.

– E tínhamos marcado de conversar com um advogado, mas nunca chegamos a fazer isso. Então conheci o Stu e disse a Greg que estava indo embora, mas Greg desmoronou e... não consegui... Greg é sócio de um café, o Chaleira Azul, perto da Promenade. Seu sócio está doente, e as contas não param de chegar. O negócio pode falir. E ficamos juntos por quinze anos. Além disso, achei que deixá-lo seria demais.

Susie respirou fundo.

– Então terminei com o Stu. Mas ele continuou me procurando. Ligando para mim, indo ao Morrisons. Greg o viu lá sexta passada e os dois brigaram. Stu acertou o Greg e o apagou. Essa foi a última... a última vez que falei com ele.

Os olhos de Susie ficaram vidrados. Rose viu quando uma lágrima caiu e correu pelo rosto dela, deixando um rastro na pele. Susie pegou no bolso de trás um lenço branco de algodão, que fora dobrado e passado a ferro. Quando ela o sacudiu para abri-lo, as marcas de dobra ficaram. Ela assoou o nariz e, então, o segurou amassado na mão.

– Quem me falou sobre o acidente foi minha vizinha. O marido dela trabalha na delegacia de polícia. Não podia acreditar. Fui direto para lá e dei um jeito de ficar com a Poppy.

Susie se levantou.

– Então está tudo acabado entre você e o Stu?

Ela assentiu.

– Voltei para meu marido. Resolvemos tentar de novo. Olha, tenho que ir.

Ela levou os dedos aos lábios como se houvesse um cigarro ali. Então saiu para o corredor.

– Obrigado por cuidar da Poppy.

– Sinto muito pelo que aconteceu, Joshua. Quero dizer, sobre mim, o Stu e o Greg. Nunca quis criar uma confusão, mas as coisas acabaram saindo de controle.

Joshua abriu a porta da frente.

– Eu me sinto mal dizendo isso, mas não vou visitar Stu no hospital. Greg não gostaria. Você diz isso a seu tio? Eu me preocupo com ele, mas será melhor para mim e para o Greg se...

Em seguida, ela foi embora. Joshua fechou a porta.

Ele parecia preso ao local.

– Então é por isso que Stu estava bebendo muito. Ela escolheu ficar com o marido em vez dele. É tão clichê. Ele estava de coração partido. Bebeu demais e acabou caindo do penhasco. Nada além de um estúpido acidente.

Mais tarde, Rose desfez as malas no quartinho de frente da casa. O cômodo era bem pequeno e tinha uma janela com vista para a rua. A cama não tinha lençóis, só um edredom jogado por cima do colchão e um travesseiro. Havia ainda uma cômoda e alguns ganchos atrás da porta. Três cabides de madeira pendiam deles. Parecia um quarto que ninguém nunca tinha usado para dormir ou para qualquer outra coisa.

Ela caminhou até a janela e olhou para a rua. Estava mais cheia agora do que quando tinham chegado, carros e vans estacionados ao longo de cada lado, uma van mais adiante, em fila dupla. Muito provavelmente para alguma entrega, presentes de Natal, talvez.

Rose podia ouvir Joshua lá embaixo. A televisão estava ligada e ele mudava de um canal para outro. Ela saiu para o corredor e pousou a mão no corrimão. O layout dos quartos naquele andar era o mesmo de sua antiga casa. O quarto minúsculo, no entanto, era de Joshua, e o dela era do outro lado, onde ali ficava o quarto de Joshua. O quarto de sua mãe e de Brendan era nos fundos, perto do banheiro. E dava para o jardim grande e abandonado que ninguém parecia ter tempo de cuidar.

Como eles eram felizes.

Até o dia em que perderam tudo.

No dia 4 de novembro, sua mãe e Brendan saíram para jantar e Rose e Josh ficaram com uma babá. Os dois tinham deixado Rose ficar acordada até eles chegarem. Ela ficou vendo televisão com a babá, Sandy, e conversando.

O ar estava pungente com o cheiro dos fogos de artifício, que explodiram a noite toda. Sandy começou a ficar preocupada por volta das onze e chamou o pai. Ele disse à Rose que tudo ficaria bem e que ela devia ir para a cama, e foi o que fez. Joshua ficou esperando no patamar da escada. Rose o viu ali logo cedo na manhã seguinte. Ele ainda estava com a mesma roupa. Não tinha nem ido se deitar. *Eles voltaram?*, perguntou ela, com medo, porque de alguma forma, lá no fundo, sabia que não. A casa entregava isso. O quarto dela parecia maior, mais vazio. O aquecimento central pareceu gemer quando acionado, e as janelas sacudiam como se algo estivesse trancado do lado de fora. *Eles voltaram?*, dissera ela.

Sem se virar, Joshua balançou a cabeça.

Kathy e Brendan haviam desaparecido e ninguém sabia onde ou por quê.

Um policial apareceu para falar com eles mais tarde. Sentou-se com os dois à mesa da cozinha e lhes preparou algo para beber. O chá de Joshua estava quente demais e o dela, muito açucarado. Olharam um para o outro desnorteados quando o policial lhes disse que seus pais tinham desaparecido e que eles teriam de passar alguns dias em um lar temporário até terem certeza do que acontecera. Rose ficou mexendo no jogo americano diante dela, endireitando-o, virando-o, se levantou e subiu para fazer a mala.

Um tempo depois, ela foi apresentada à avó. Uma assistente social a levou para uma casa em Belsize Park, explicando no caminho sobre a existência dessa parenta que ela nunca conhecera. Rose esperava uma versão mais velha da mãe, mas o que encontrou foi algo bem diferente. Anna Christie era alta e se vestia elegantemente, como uma pessoa arrumada para ir a um casamento. Rose moraria com ela e teria seu próprio quarto e escritório, e sua avó a matricularia em um internato. Joshua moraria com um tio em Newcastle. No dia em que ela foi morar lá, a assistente social levou suas malas, e ela, a caixa do violino. Elas tiveram de estacionar um pouco longe e Rose foi se arrastando atrás. Se não podia ficar com Joshua, então não importava para onde ia. A porta da frente se abriu, e a avó a levou até seus aposentos e a deixou lá para se instalar. Rose se sentou na cama, com as malas ainda fechadas a seus pés. Sentia-se distante, flutuando para longe da vida que tivera. E sabia que, naquela mesma hora, Joshua estava no trem para Newcastle.

Todos de quem gostava tinham ido embora.

* * *

O som de passos na escada trouxe Rose de volta de seus pensamentos. Joshua estava subindo. Ela voltou para o quartinho e continuou desfazendo as malas. Olhou pela janela de novo. A van, que antes estava estacionada em fila dupla, agora se afastava. Atrás dela havia uma SUV prateada, com uma mulher sentada no banco do motorista. Rose deu uma olhada. O carro estava muito distante para ela visualizar bem o rosto da mulher, mas ver o carro a deixou meio preocupada. Havia milhares de SUVs prateadas por aí, mas semanas antes ela e Joshua tinham sido feridos e ameaçados por um homem dirigindo uma daquelas. Ela olhou para o carro por alguns instantes antes de voltar a tirar as coisas das bolsas. A porta se abriu.

– Você está bem? – perguntou Joshua.

Rose fez que sim.

– E você? Falar com a Susie o aborreceu?

– Não. Mas sinto um pouco de raiva de mim mesmo. Eu deveria ter voltado para visitá-lo. Então eu saberia o que estava acontecendo. Não sei por que não vim. Me deixei absorver muito pela faculdade e todas essas coisas sobre o papai e a Kathy. Parece que me esqueci do Stu. Quatro meses. Eu poderia ter vindo passar um fim de semana em casa, mas não vim.

Rose não sabia o que dizer. Joshua estava certo, mas ela não queria que ele se sentisse pior. Ele *devia* ter visitado o tio.

– A que horas o Skeggsie disse pra gente chegar? – perguntou ele.

– Por volta das sete?

– Vou dar um pulo no hospital.

– Você quer que eu vá?

– Não, preciso ver o que está acontecendo. Conversar com o Stu, se ele puder.

Rose ouviu seus passos quando ele desceu as escadas e depois saiu. Viu-o andando pela rua. Ao olhar para trás, ela notou que a SUV prateada ainda estava lá. Forçou um pouco a vista e achou que via um cachorro no banco do passageiro ao lado da mulher, as patas dianteiras no painel. Naquele momento, a seta piscou, o carro se afastou da calçada e foi embora. Na mesma hora, Rose se sentiu uma idiota. Era só alguém parado para um telefonema ou para ver um mapa ou apenas para descansar por uns dez minutos.

Uma mulher e seu cachorro.

Ela não devia ficar desconfiando de tudo. Não como Joshua.

IV

Eles comeram bolo de batata na casa de Skeggsie. O pai de Skeggsie, Bob, trouxe o prato da cozinha com um floreio. Ele era um homem grande com um cabelo bagunçado e grisalho. Usava calça jeans e uma camisa xadrez com um colete de camurça por cima, e Rose achou que parecia que ele ia dançar quadrilha. Bob não se parecia *nada* com o Skeggsie.

– Stu ainda estava grogue depois da operação – contou Joshua, respondendo à pergunta de Bob. – Tiveram de colocar pinos em seu joelho, então ele está sentindo um pouco de dor. Vão fazer uma ressonância magnética do cérebro em alguns dias, porque acham que pode ter havido uma hemorragia. Ele não está na UTI, então não acham que corre perigo, mas é muito angustiante, sabe, vê-lo assim, dessa maneira.

– Horrível. Ele se lembra do que aconteceu?

– Eu não perguntei. Ele estava toda hora caindo no sono, então saí. Vou voltar amanhã.

– Ele parece mal agora, mas vai se recuperar logo. Provavelmente não a tempo do Natal.

Joshua balançou a cabeça e eles jantaram. Rose olhou ao redor da sala. Havia um aparador junto a uma das paredes. Estava coberto de fotografias de uma mulher e uma criança, provavelmente Skeggsie. As outras mostravam a mulher ao lado de Bob, em seu uniforme da polícia, os dois sorrindo alegremente para a câmera.

Depois de comer, Bob levou os pratos para a cozinha. Skeggsie falou sussurrando.

– Vocês se importam de sairmos? A gente dá alguma desculpa. Precisamos conversar sobre algumas coisas.

Bob voltou para a sala, sorrindo.

– Podemos ajudá-lo a lavar a louça? – perguntou Joshua.

– Não mesmo, rapaz, podem ficar sentados.

– Na verdade, pai, pensamos em ir ao Farol tomar uma bebida.

– Quer ir com a gente? – convidou Joshua, ignorando o olhar horrorizado de Skeggsie.

– Não, não. Não gosto da música que toca lá. Não, vão vocês, crianças. Você tem sua chave, Darren, então não vou esperar acordado, tudo bem?

– Tudo bem – disse Skeggsie.

Ele saiu para o corredor e vestiu o casaco. Rose estava um pouco sem graça com a pressa dele. Sorriu para o Bob e foi atrás de Skeggsie.

– Vocês vão comer aqui no Natal? Eu insisto – disse Bob.

– Isso seria bom, obrigado – respondeu Joshua.

Os três saíram pela porta da frente, fechando seus casacos. Sem dizer uma palavra, Skeggsie se afastou e eles o seguiram.

Saíram em direção à praia e, em poucos minutos, caminhavam pela Promenade. De um lado, viam as luzes da cidade, algumas decorações de Natal espalhafatosas e outras que pareciam ser sobras da decoração de verão. Do outro lado, havia uma densa escuridão, o som de água correndo de um lado para outro. Não ventava, mas fazia um frio cortante. Rose encolheu as mãos para dentro das mangas e puxou as bordas do capuz para mais perto do rosto.

O Farol ficava no meio da Promenade. Parecia antiquado e em mau estado. Dentro estava quente e escuro. Havia música tocando e algumas pessoas espalhadas pelo lugar.

– Costumávamos vir aqui o tempo todo – disse Joshua, elevando a voz.

– Vamos sentar lá atrás. É mais tranquilo – sugeriu Skeggsie.

Rose seguiu Joshua enquanto Skeggsie ia até o bar pegar algumas bebidas. Eles passaram por algumas portas até outro salão, que estava bem iluminado, tinha um teto alto, sofás e mesas baixas. As paredes estavam cobertas por fotografias antigas de pescadores. Eles se sentaram em um canto afastado do bar principal. Do outro lado, dois homens jogavam dardos. Um deles era jovem e usava um terno, mas sem gravata. O outro era mais velho e estava com uma calça larga com uma barra grande virada do avesso sobre botas pesadas. Pareciam pai e filho.

– Acho que Skeggs quer falar sobre os cadernos – disse Joshua.

Rose não respondeu. *Os Cadernos*. Era uma forma abreviada de falar sobre a busca pelos pais desaparecidos, assunto pelo qual Joshua se empolgava muito. A polícia sempre tivera sua própria versão dos acontecimentos. Kathy e Brendan, ambos policiais, trabalhando em casos arquivados, tinham sido mortos por causa de uma investigação em que estavam envolvidos. Seu desaparecimento e sua morte estavam relacionados *com toda a certeza* ao crime organizado. Eles tinham, *sem dúvida*, chegado perto de desmascarar alguém importante e isso lhes custara a vida.

Mas Rose e Joshua agora sabiam que a polícia nem sempre dissera a verdade. Eles, com a ajuda de Skeggsie, tinham descoberto que os pais *não* estavam mortos. Tudo o que precisavam fazer agora era de fato encontrá-los. A última vez em que tinham sido vistos fora oito meses atrás, em Cromer.

Mas o acidente de Stuart deixara tudo em compasso de espera.

Skeggsie caminhou até eles com uma bandeja de bebidas e pousou-a na mesa. Entregou uma garrafa de cerveja a cada um. Rose pegou a dela e tomou um gole.

– *Obrigado, Skeggsie* – disse Skeggsie baixinho, meio brincando.

– Obrigado, amigo – disse Joshua.

– Obrigada – murmurou Rose, a boca cheia de espuma.

– Precisamos falar sobre onde estamos com os cadernos – começou Skeggsie.

– Não consigo pensar muito nisso agora... – disse Joshua.

– Sei disso – continuou Skeggsie. – Mas precisamos deixar algumas coisas claras. Desde nosso encontro com James Munroe as coisas estão diferentes. Só queria ter certeza de que estamos todos na mesma página.

James Munroe.

Rose se lembrava de quando o ex-inspetor chefe aparecera no apartamento em Camden, algumas semanas antes, com informações para eles. Ela o conhecera quando era uma garota de doze anos de luto. Ele dissera que agora já não trabalhava para a polícia, era um funcionário público, e tinha informações sobre onde estavam os corpos de seus pais. Fizeram até uma cerimônia em memória de sua mãe, à qual James Munroe assistiu usando um casaco Crombie escuro e parecendo apropriadamente triste.

Mas tudo tinha sido uma mentira. Uma farsa.

– Skeggsie está certo – concordou Joshua, suspirando. – Precisamos resolver algumas coisas.

– Verdade, desde nosso encontro com James Munroe tudo mudou. Em razão do que ele nos contou, tem que *parecer* que estamos encerrando a busca por Kathy e Brendan. Tem que parecer que acreditamos na história dele.

O jogo de dardos tinha acabado e o homem mais velho comemorava sua vitória. O jovem balançava a cabeça como se não pudesse acreditar no resultado.

– Melhor de três? – disse o mais velho, e o jovem assentiu de maneira resignada.

– De agora em diante, temos que agir de maneira diferente – disse Skeggsie, baixando a voz, como se suspeitasse que alguém estivesse ouvindo a conversa. – Então nada de e-mails nem mensagens de texto entre nossos celulares.

Joshua resmungou:

– Encerramos nossos sites. E não falamos sobre seus pais em blogs, tweets, Facebook nem qualquer outro lugar na rede. Essas coisas podem ser acessadas por outras pessoas. A única maneira pela qual nós três podemos nos comunicar é em conversas diretas ou telefonemas.

Isso significava que Rose não poderia mais usar seu blog pessoal, o Morpho.

– E temos que falar também sobre o material físico. Não queria deixá-lo no apartamento, então trouxe tudo com a gente.

– O material físico? – indagou Rose, confusa.

– Ele está falando do livro das borboletas e as coisas de meu pai, os mapas dele e tudo ligado à cabana, as fotos de Cromer.

Rose tinha uma imagem mental do velho livro de capa dura chamado *O Projeto Borboleta*. Parecia ter ficado na prateleira de alguma biblioteca por anos antes de alguém retirá-lo.

– E os cadernos – acrescentou Skeggsie.

Os dois cadernos eram do tamanho de cadernos de exercícios. Cada um tinha uma fotografia e páginas de escrita codificada. Cada caderno estava relacionado a um assassinato. De todas as coisas que tinham descoberto, esses cadernos eram os mais misteriosos.

– Todo o material está em uma mala, no meu quarto. A casa de meu pai tem alarmes bem modernos. Quando voltarmos a Londres, acho que devemos investir em um cofre. Podemos levar meses para decifrar os cadernos, e se eles forem roubados ou algo assim...

– Você está certo. Faremos isso quando voltarmos.

– Contanto que todos saibamos que esse trabalho ainda precisa ser feito e que, até que os cadernos sejam decodificados, nunca teremos certeza sobre o que tudo isso se trata.

– Entendido. Perfeitamente.

Ficaram em silêncio por um instante e parecia que Skeggsie tinha algo mais a dizer. Do outro lado do salão, a porta se abriu e entraram um rapaz e uma moça, vindos do outro bar. Trechos de música chegaram com eles. O jovem chamou:

– Darren!

Skeggsie olhou em volta. Joshua ficou todo retesado de repente e fechou a cara. Rose sentiu o aumento da tensão no ar e olhou de novo para o rapaz, que andava com a garota na direção deles. Ele usava um casaco, a barriga sobressaindo na frente. Seu cabelo estava bem curto e ele parecia um pouco bêbado. A menina usava calça jeans skinny e um suéter com gola em V bem justo. Seu cabelo escuro pendia dos dois lados do rosto. No decote em V do suéter, Rose pôde ver a linha escura entre os seios dela.

– Tudo bem, Rory? – cumprimentou Skeggsie, lacônico.

– Darren, meu velho amigo, você voltou para nos ver.

– Ele não é seu velho amigo, Rory – disse Joshua.

– Ah, ainda tem seu guarda-costas. Mas não há nenhuma necessidade disso agora. É coisa do passado. Não precisamos mais ser inimigos.

– Alguém vai me cumprimentar? – perguntou a garota, as mãos nos quadris de maneira petulante.

– Oi, Michelle – disse Joshua, olhando para o joelho.

Outro rosto apareceu na porta. Um jovem negro com uma camisa de brim. Ele estava com uma caneca de cerveja e foi direto até eles, sorrindo.

– Tudo bem, Skeggs? Não ligue para o Rory. Ele não passa de um ursinho agora. Bem, está gordo como um ursinho – disse ele, acariciando a barriga de Rory.

– Martin – disse Joshua, relaxando, e saindo de trás da mesa.

Martin pousou a caneca na mesa e então assumiu uma posição de boxer, como se estivesse no ringue, esperando a sineta tocar. Joshua riu e lhe deu um tapa brincalhão na cabeça.

– O que está havendo? Ouvi falar sobre seu tio. Que coisa horrível!

Rory estava parado. Michelle tinha passado o braço pelo dele e sussurrava algo em seu ouvido. Skeggsie não se movera um centímetro. Um olhava para o outro. Rose sentiu a animosidade entre eles. Martin também notou.

– Relaxem. Somos todos amigos agora. Os dias de escola já se foram.

Rory assentiu, um meio sorriso no rosto.

– Vamos! – chamou Michelle.

Ela o puxou pelo braço e atravessaram o salão. Em poucos instantes, tinham sumido.

– Rory não faz mais aquelas coisas. Ele frequenta meu clube de boxe. Está tentando perder algum peso. Ele é um homem mudado.

– Sim, claro – disse Joshua.

Martin continuou conversando com Joshua. Rose podia ouvir o nome de Stuart ser mencionado várias e várias vezes.

– Você está bem? – perguntou ela a Skeggsie.

– Sim. Eu sabia que ele estaria por aqui, mas não esperava que fosse aparecer por agora.

Os dois homens que jogavam dardos tinham acabado a disputa.

– Você quer jogar? – perguntou Skeggsie.

Ela balançou a cabeça.

– Jogo com você, amigo – disse Joshua. – Martin, essa aqui é a Rose, minha irmã de criação... mais ou menos...

– Pensei que ela fosse sua namorada!

Rose conseguiu abrir um sorriso, mas sentiu o rosto ficar quente de vergonha. Skeggsie tinha saído em direção ao alvo e Joshua fora atrás dele. Martin olhava para ela.

– Você não fala muito, não é mesmo?

– Quando alguém me pergunta algo razoável, eu respondo.

Martin ia falar, mas se deteve. Parecia curioso. Foi até o sofá e se sentou ao lado dela, onde Joshua estava antes.

– Você está na faculdade? – perguntou ele.

– Ensino médio.

– Estudando o quê?

– Inglês, direito, história...

– Eu estou em York. Ciência da Computação e Engenharia. Eu e o Josh. Vamos construir pontes.

– Josh só fala nisso. Os engenheiros deviam construir outras coisas.

– Sim, mas pense onde a sociedade estaria sem as pontes. Pense em quanto tempo levaria para ir daqui a South Shields. Dias! Você sabia que existem vinte e duas pontes sobre o Tyne?

– Vinte e duas! – repetiu Rose, pegando sua cerveja.

– Sabia que você é muito bonita? Alguém já lhe disse isso? Talvez um pouco de maquiagem pudesse deixá-la ainda mais...

Rose falou irritada, olhando para sua bebida:

– Não estou interessada no que você pensa sobre minha aparência. Sou do jeito que gosto.

– Desculpe. Falei sem pensar.

Rose bufou. Mas depois se acalmou. Ela fazia muito isso. Falar as coisas antes de pensar melhor. Mudou de assunto.

– O que houve com aquele garoto Rory?

– Ah! História antiga. Rory Spenser era um garoto terrível. Na escola, ele tinha um jeito de tirar grana das outras pessoas. Ia até as crianças menores e dizia: *Ei, você não me deve um dinheiro?* E elas perguntavam: *Quanto?* E ele dizia: *Quanto você tem no bolso?* E assim Rory construiu sua reputação. Agora ele é um homem mudado.

– Ele fez isso com o Skeggsie?

– Isso e muito mais. Skeggsie também nunca se ajudou muito na escola.

– Mas isso não é desculpa para as pessoas se aproveitarem dele.

– Eu sei. Rory era terrível. Mas acredite em mim, ele mudou.

– O que o fez mudar?

– Ele apanhou algumas vezes. E começou a entender como era estar do outro lado.

– De quem? – perguntou Rose, quando os olhos de Martin correram em direção a Joshua.

– De alguns de nós. Ele tem um irmão mais velho e tivemos que explicar tudo para ele também. Vimos isso como uma espécie de serviço à comunidade. Agora Rory toma mais cuidado com o que faz.

Rose franziu a testa.

– Mas isso não torna vocês tão ruins quanto ele?

– Não, isso acaba com o problema. Não me arrependo nem um pouco em ter ajudado Rory a melhorar suas habilidades interpessoais.

Rose sentiu que havia algo mais a dizer, mas não sabia o quê.

– Mas chega dessa história – disse Martin. – Até quando você vai ficar aqui?

– Até o Ano-Novo.

– Ótimo. Sem dúvida vou vê-la por aí com o Josh.

Martin se levantou, foi até Joshua e disse alguma coisa, dando um tapinha em suas costas, antes de voltar para o outro bar. Não muito tempo depois, Joshua e Skeggsie voltaram para a mesa, tendo acabado o jogo de dardos.

– Vamos terminar de beber e ir embora – disse Joshua.

Enquanto saíam, passaram por Rory Spenser, que estava sozinho, de pé no bar, com uma caneca de cerveja. Os olhos dele acompanharam os três o tempo todo. Rose olhou em volta e viu Skeggsie com o rosto virado para o chão.

Do lado de fora, o frio intenso logo os atingiu, e Rose fechou o casaco e se abraçou. Olhou para a escuridão e sentiu o mar lá longe, imenso e silencioso.

– Vou para casa – disse Skeggsie, se afastando. – Vejo vocês de manhã, perto das dez?

– Claro.

Ele foi embora. Rose se virou para ir na direção oposta, mas Joshua puxou sua manga.

– Espere um pouco.

Alguns instantes depois, a porta do pub se abriu e Rory saiu de lá, olhando em volta e acompanhando Skeggsie enquanto ele caminhava pela Promenade e depois virava em uma rua secundária.

– Aonde você vai? – perguntou Joshua.

– O que você tem a ver com isso?

– Deixe Skeggsie em paz, Rory. Eu já lhe disse antes...

– Ou o quê?

Joshua olhou para Rose e pareceu hesitar.

– Você sabe o quê. Lembre-se da última vez.

Joshua foi embora e Rose o seguiu. Ela olhou para trás e viu Rory no mesmo lugar que antes, o rosto pálido e redondo.

Rose teve de se apressar para acompanhar Joshua, que andava rapidamente, os ombros curvados. Ouviram então algumas risadas vindo de um grupo de pessoas próximas quando se afastaram em direção às ruas secundárias e à casa de Stuart.

V

Na manhã seguinte, Skeggsie os levou de carro até o hospital. Era uma viagem de vinte minutos e ninguém falou muito. Quando pararam, Joshua ficou sentado por um instante, sem abrir a porta.

– Vocês se importam de eu entrar sozinho para ver o Stu? Acho que ele não deve estar preparado para receber ninguém que não seja um parente próximo.

– Tem certeza?

Ele puxou a maçaneta e abriu a porta do passageiro.

– Vou para casa sozinho. Não esperem por mim.

– Eu venho buscá-lo – disse Skeggsie.

– Não. Vou de ônibus.

– Certo – disse Skeggsie.

– Talvez vocês dois possam passar algum tempo juntos – comentou Joshua com um fraco sorriso.

Rose e Skeggsie ficaram olhando enquanto ele caminhava em direção à entrada do hospital, seu enorme casaco voando atrás dele. Então, Skeggsie falou:

– Quero que você veja uma coisa. Está na minha casa.

Ele saiu com o carro, e Rose sentiu seu ânimo desmoronar. Devia ter algo a ver com os cadernos. O carro disparou ao longo da pista dupla e virou para Whitley Bay. Ela ficou em silêncio, contendo sua irritação. Depois do que Joshua dissera na noite anterior sobre esperar até voltarem a Londres, Skeggsie ainda estava falando sobre isso.

– Decodifiquei um pouco mais do caderno – começou ele. – Alguns trechos são intrigantes e não sei como contar ao Josh. Quer dizer, eu não lhe diria *agora*, com tudo isso acontecendo, mas vou ter que dizer algum dia.

– O que é?

– Tenho um programa de decodificação trabalhando no texto há dias. Você lembra que eu lhe disse que o código muda de tantas em tantas linhas? Como em uma linha A é igual a L e, em seguida, duas linhas abaixo isso muda e A passa a ser igual a P. Parece que o código básico é o mesmo em cada página. Parágrafo, linha, letra. Então é quarto parágrafo, terceira linha, segunda letra. A única coisa é que, a cada duas linhas, o número da página muda. Então você consegue duas linhas de texto, e depois o código não funciona mais. Você tem trezentas e quarenta e oito outras páginas do *Projeto Borboleta* para escolher. Bem, isso não é exatamente verdade, porque pelo menos umas cem páginas estão cobertas de desenhos e diagramas, mas restam aproximadamente duzentas e quarenta e oito páginas para ver até entender uma palavra. Assim, alguns dias atrás...

– Chega de falar sobre o código, só me conte o que diz.

Houve um momento de silêncio. Então Skeggsie falou, a voz firme:

– Já imprimi uma página e vou mostrá-la quando chegarmos à minha casa.

– Não fique todo mal-humorado comigo. Só não me animo muito com um antigo código bobo!

Skeggsie ligou o rádio em volume alto. Era uma estação de entrevistas. Rose teria preferido música, mas achou melhor deixar assim do que lhe pedir para mudar. O trânsito estava lento.

Rose começou a pensar nos cadernos.

Joshua conseguira pegar dois do homem que lhes contara que seus pais ainda estavam vivos. A primeira página de cada um era uma fotografia e havia alguns mapas, diagramas e páginas e páginas de escrita codificada. Só quando encontraram uma cópia do *Projeto Borboleta,* com as páginas cheias de orelhas, entre os pertences de Brendan, foi que eles pensaram que podiam ter uma maneira de quebrar o código. Desde então, Skeggsie vinha trabalhando em um dos cadernos.

Após se arrastarem pelo trânsito, finalmente chegaram à casa do Skeggsie. Rose esperou Skeggsie abrir a tranca Chubb, depois a Yale, e então digitar o código para o alarme contra roubos antes de entrarem. Ela se lembrou, por um segundo, de como Skeggsie costumava trancar a porta do apartamento em Camden toda vez que alguém entrava ou saía. Recentemente ele não andava mais tão nervoso em relação à segurança.

– Vamos até meu quarto – chamou Skeggsie.

Rose subiu penosamente as escadas atrás dele. Quando chegaram ao quarto de Skeggsie, ela olhou em volta e viu, sem surpresa, que estava organizado de modo quase idêntico ao que ele tinha em Londres. De um lado, havia uma cama muito bem-arrumada. Do outro, uma grande mesa. Ali, o único computador que ele tinha era seu laptop. Na parede atrás, havia uma grande imagem do Anjo do Norte. Os olhos de Rose foram logo atraídos para ele. Parecia um alienígena criado por computador, o rosto inexpressivo, o corpo estriado, com sulcos. Suas asas eram vastas, uma placa gigante de aço cortando o corpo delicadamente arredondado.

– Você já viu? De perto, quero dizer – perguntou Skeggsie.

Ela balançou a cabeça.

– Suas asas são da largura das de um grande avião a jato.

– Sério?

– Josh e eu íamos até lá, mas agora não tenho certeza...

– Vocês vão ter tempo. Deixa passar o Natal.

Quando olhou melhor para a mesa, Rose viu o caderno em que Skeggsie estava trabalhando. Ela se sentou na cadeira e o pegou. Não o via há algum tempo, e levantou a capa da frente para dar uma olhada na fotografia familiar de Viktor Baranski, o homem que tinha trabalhado para a marinha russa e que se tornara um empresário milionário. Ele se estabelecera em Londres e havia rumores de que teria entregado segredos para o governo britânico. Também acreditavam que estava envolvido com o tráfico.

Eles sabiam que sua mãe e Brendan vinham investigando Viktor Baranski e sua organização. Procuravam informações ligadas à morte de cinco garotas do Leste Europeu que haviam sido encontradas na parte de trás de um caminhão. Uma delas só tinha quinze anos. Eles tinham um caso contra Baranski, mas, em 2006, ele sumiu e depois apareceu morto, no Mar do Norte. Na época, disseram que ele tinha sido eliminado pelo serviço secreto russo como represália por ter revelado segredos deles aos britânicos. De acordo com o ex-inspetor chefe Munroe, esse acontecimento provocara o desaparecimento de seus pais. Baranski devia dinheiro a bandidos alemães e eles culpavam Brendan e sua mãe por não receberem o que lhes era devido.

Será que alguma coisa nessa história era verdade? Nenhum deles sabia ao certo.

Rose folheou as páginas de código. Em uma delas havia um diagrama que reconhecia. Mostrava um litoral e uma vila. Era Stiffkey, em Norfolk. Seus pais tinham morado lá em uma cabana. Semanas antes, Rose e Joshua tinham encontrado o que restava de uma pulseira – dessas com espaço para se colocar um nome –, que pertencera, achavam eles, a Viktor Baranski. Também era o lugar em que Joshua e ela tinham sido agredidos e ameaçados por Lev Baranski, filho de Viktor, o homem da SUV prateada. Rose fechou o caderno porque não queria se lembrar. Ela viu que Skeggsie segurava uma folha de papel A4, que a entregou.

– Esta é a parte que decodifiquei. Leia.

Ela pegou a folha.

Operação VB

Viktor Baranski em um evento em seu restaurante, Cozinha do Oriente, 15 de julho às 17h30.

Depois fará outras visitas de negócios, Empreendimentos Imobiliários em Holborn e Edifícios Elite em Mayfair.

Aprox. 20h30 ele vai para o apartamento da sua amante perto da rua Oxford.

Ele deve ficar por lá algumas horas.

Alguém deve buscá-lo depois que ele passar algum tempo com essa mulher. Ele terá de ser interceptado dentro do prédio antes que seu motorista saiba que algo aconteceu. Importante usar mordaça e coisas para amarrá-lo.

Tome cuidado com a vigilância do SVR. Preste atenção a pessoas, carros e câmeras.

Uma vez em custódia, Baranski deve ser passado para B.
Troquem de carros.
B vai levá-lo a Stiffkey.
B vai entregá-lo a F.
B vai esperar até que a operação seja concluída.
B vai ajudar a eliminar as provas.

Rose se sentiu mal. Leu mais uma vez e se pegou franzindo a testa. O corpo de Viktor Baranski havia sido encontrado perto de Cromer, que ficava a uns trinta quilômetros de Stiffkey. Então aquele documento, plano, o que quer que fosse, tinha sido escrito enquanto Baranski ainda estava vivo. Era de fato um plano para *raptá-lo*.

– O que é o SVR? – perguntou Rose.

– O SVR é o serviço russo de inteligência estrangeira. Parte do que costumava ser a KGB. Espiões.

– Então você acha que a equipe de casos antigos sequestrou Baranski para entregá-lo à polícia secreta russa?

– Talvez.

– Mas e quanto ao caso das meninas sufocadas, o tráfico? Por que ele não foi preso por isso?

– Talvez eles não tivessem provas suficientes para um julgamento. Provavelmente foi assim que decidiram resolver o problema. Entregar Baranski a seu povo e deixá-los cuidarem dele.

– Talvez tivessem pensado que Baranski seria levado de volta à Rússia para julgamento.

– Acho que não. É por isso que estou um pouco preocupado de mostrar isso ao Josh.

Rose leu o papel novamente. Não demorou muito para entender o que Skeggsie queria dizer.

– Você acha que esse B é de Brendan?

Skeggsie assentiu.

– E foi Brendan quem o entregou? Na cabana em Stiffkey?

– Faria sentido. Foi lá que você achou a pulseira do Baranski.

– Mas só porque Brendan entregou Baranski isso não significa que ele sabia que iriam matá-lo.

– As ameaças que o filho de Baranski fez ao Josh agora parecem se encaixar.

Rose se lembrou de Lev Baranski gritando com Joshua: *Eu não esqueci a morte do meu pai e nunca vou esquecer.* Isso havia acontecido na cabana em Stiffkey.

– Olha – continuou Skeggsie –, aqui diz: *B vai esperar até que a operação seja concluída. B vai ajudar a eliminar as provas.*

Rose fechou a cara. Leu a folha de novo, estudando cada palavra.

– Mas isso poderia significar, literalmente, eliminar qualquer evidência de que Baranski *tenha estado na cabana*. Só isso. Entregar o homem por causa de algum acordo feito entre a polícia e os serviços secretos e, em seguida, se livrar de qualquer prova. É o que o texto sugere! No que você estava pensando?

A voz de Rose foi ficando mais alta. A de Skeggsie estava mais baixa, mais calma do que antes. Ela ficava irritada por ele não se deixar chatear por nada.

– Poderia significar que B tinha de se livrar do corpo? – argumentou ele.

– Não! Não seja ridículo. É claro que não. Você está vendo coisa onde não tem. Acho que Baranski provavelmente foi entregue de boa-fé e que ele aparecer morto era a última coisa que alguém queria.

– Hum...

Skeggsie parecia pensativo.

– Olha, não devemos falar sobre isso. Não até voltarmos a Londres. Combinado?

Skeggsie assentiu.

– Vou voltar andando para a casa do Josh. Preciso de ar fresco.

Quando a viu sair pela porta da frente, Skeggsie gritou para ela:

– Não vou dizer nada, Rose. Não até voltarmos a Londres.

Rose se afastou, andando rápido. Então virou-se para a Promenade, a cabeça baixa, os pensamentos confusos. Não queria pensar nas coisas que tinha acabado de ler. Olhou para o mar. Parecia turvo e tranquilo, o céu de um tom sujo de branco. Depois de um tempo, ela se virou e seguiu para a casa de Joshua. Ao entrar na rua, quase parou abruptamente.

A SUV prateada estava estacionada um pouco mais para a frente. Havia uma mulher sentada no banco do motorista, assim como no dia anterior. Ela diminuiu o passo e olhou de novo para ver se o cachorro estava lá também.

Estava. Um cachorro pequeno, parecendo um Jack Russell.

E daí se uma mulher queria ficar sentada em sua SUV no meio do dia, dois dias seguidos? Ela podia ter várias razões para isso. Rose não ia ficar paranoica. Tinha de analisar as coisas de forma sensata. Aproximou-se da SUV e deu uma boa olhada na mulher atrás do volante. A única coisa que podia ver, com clareza, era que tinha o cabelo curto, loiro platinado. A mulher pareceu se mover, como se soubesse que Rose estava olhando. Rose fez um som bem alto de chateação e olhou para os cadarços. Então se apoiou em um joelho e começou a mexer no cadarço do outro pé. Ao mesmo tempo, olhou para a SUV e viu as primeiras letras da placa – *GT50 D*... Fechou os olhos e memorizou. G de gato, T de tango, 50 de bodas de ouro, D de delta. Ela repetiu isso várias vezes em sua cabeça por alguns segundos, então se levantou novamente.

Passou pelo carro e entrou na casa de Joshua.

VI

Logo depois das duas horas, Rose recebeu uma ligação de Joshua.

– Você pode vir até a beira-mar? Vai ver um café bem no final. É a primeira curva depois do pub, cerca de vinte metros à frente. É o Chaleira Azul. Preciso ver alguém lá.

– Claro – disse Rose. – Vou pegar o casaco e chego lá em uns dez minutos.

Rose ficou aliviada em sair. Tinha passado as últimas duas horas no Facebook e lido alguns arquivos para o trabalho do colégio. Estava cansada e precisava de um pouco de ar fresco.

O Chaleira Azul ficava entre uma farmácia e um bazar de caridade. O lugar era pintado de azul e tinha um letreiro bonito, mas a janela estava coberta por uma fina tela metálica que sugeria que fora quebrada ou tivera grafite em algum momento. O calor a atingiu quando abriu a porta. Joshua estava sentado a uma mesa junto à parede, lendo um jornal. Havia meia dúzia de pessoas, mas o lugar não parecia movimentado.

– Vou pegar uma bebida – disse ela. – Quer alguma coisa?

Joshua balançou a cabeça, apontando para a caneca na mesa.

Ela comprou um chá de hortelã e sentou à sua frente.

– Está tudo bem? – perguntou Rose.

– Eu vi o Stu. Ele está mais acordado agora, mas diz que não lembra nada da queda. Está um pouco confuso. Não achei que desse para perguntar sobre o lance com a Susie ou por que ele andava bebendo. E com certeza não contei a ele sobre a reportagem do jornal.

– Haverá muito tempo para falar sobre isso tudo quando ele estiver melhor.

– Sim, eu sei. O que não sei é quanto tempo isso vai levar. Ele não está nada bem. Diz que a cabeça dói.

– Ele bateu a cabeça na queda. Tinha que estar doendo.

– Você está certa. Eu só... Quando soube que ele caiu não pensei bem nas consequências. Só fiquei feliz por ele estar vivo. Mas ao vê-lo agora percebi como se feriu gravemente.

– Você não pode cair de um penhasco e sair andando tranquilamente.

– Enfim, fui até a delegacia e conheci esse policial, Joe Warner – contou ele depois de alguns instantes. – É um velho amigo do Stu. Ele é um desses policiais que têm grande atuação na comunidade, que vão às escolas e dão palestras sobre drogas e outras coisas. Ele tem investigado a queda, tentando descobrir o que aconteceu. Deu uma olhada nas imagens do sistema de circuito interno da área de estacionamento perto da trilha do penhasco em Cullercoats. Não há nenhum registro do carro de Stu, porque, por algum motivo, ele estacionou em uma rua próxima. Talvez essa seja outra razão para não terem dado pela falta dele. Um carro deixado durante a noite no estacionamento do penhasco poderia ter chamado a atenção. Mas há imagens de um carro estacionado, e um homem saindo e andando em direção à trilha do penhasco. Dá para ver a maior parte da placa do carro, e, em um pedaço, o rosto do motorista também. Isso foi por volta das nove horas.

– E sabem quem é?

– O policial não disse, mas seu telefone tocou quando ele estava conversando comigo. Ele se virou para atender a ligação e dei uma olhada na impressão à sua frente. E o nome que vi ali era Greg Tyler.

– O marido da Susie?

De repente ela entendeu por que estavam ali no Chaleira Azul. Rose olhou para o balcão, mas só havia duas mulheres servindo. Susie Tyler tinha dito que seu marido era sócio do lugar e que os negócios não estavam indo muito bem.

– Joe disse que eles estavam falando com o homem para descobrir se ele viu algo relacionado ao acidente.

– Por quê? Eles acham que houve mais alguma coisa?

Joshua deu de ombros.

Só então a porta do café se abriu e um homem entrou parecendo nervoso. Ele estava ao celular e disse:

– Eu tenho que ir.

Estava na casa dos trinta anos, e tinha um cabelo meio comprido. Usava uma jaqueta jeans que parecia muito apertada e que tirou enquanto caminhava em direção ao balcão e passava por uma porta ao lado. Momentos depois, ele estava em frente ao balcão, as roupas cobertas por um avental branco.

– Deve ser ele – disse Joshua.

– O que você vai fazer?

– Vou falar com ele.

Joshua se levantou e foi até o balcão. Disse alguma coisa a Greg Tyler, e o homem franziu a testa. Joshua continuou falando e, depois, se virou e voltou para a mesa.

– Ele não está exatamente feliz, mas virá aqui em cinco minutos.

Um pouco mais tarde, Greg Tyler se sentou ao lado de Rose, de frente para Joshua. Estava todo esticado na cadeira, sem encostar na mesa. E olhava para o celular em sua mão.

– O que posso fazer por você? – perguntou abruptamente.

– Eu quero saber o que você estava fazendo em Cullercoats na noite de quarta, quando meu tio caiu.

– Andou conversando com a polícia?

Joshua assentiu. O homem parecia desconfortável.

– Olha, por motivos óbvios, não gosto de seu tio. Susie disse que lhe contou tudo quando levou a cachorra de volta. Quando eu e seu tio tivemos aquela briga no Morrisons, achei que tinha acabado, que ele a deixaria em paz. Então, na quarta, na hora do almoço, recebi uma ligação dele. Ele queria me ver para resolver as coisas. Me disse para encontrá-lo no estacionamento em Cullercoats naquela noite, às nove e meia. Eu não queria ir. Ele era a última pessoa no mundo que eu queria ver, mas eu tinha medo de que fosse entrar em contato com a Susie, então disse que iria. Cheguei lá cedo, por volta das nove. Então fiquei lá sentado no carro, cada vez mais aborrecido e irritado. Saí do carro e decidi andar um pouco para me acalmar.

Greg Tyler tinha elevado a voz. Ele pareceu notar e continuou a falar em um tom mais baixo. Rose se inclinou para a frente para ouvir melhor.

– Então ouvi algumas vozes mais para cima na trilha. Cheguei perto e vi a cachorra correndo por ali. Dois homens estavam de pé, de frente um para o outro. A princípio, achei que estavam conversando, mas, quando as vozes se elevaram, vi que estavam discutindo. Em seguida, um deles empurrou o outro. Eu me afastei porque percebi que era Stuart Johnson. Não queria que ele me visse. O outro homem saiu, e Stuart o chamou. Depois foi atrás dele.

Ele parou como se esperasse que Joshua fosse dizer alguma coisa.

– Para dizer a verdade, naquela hora, eu já tinha me acalmado e estava feliz por ter um motivo para dar o fora dali. Então, saí. Voltei para meu carro, fui para casa, e nunca disse uma palavra a Susie sobre isso, nada. No dia seguinte, Susie entrou no café e, na frente das meninas aqui, me contou que Stuart Johnson tinha caído do penhasco. Ninguém ficou mais surpreso do que eu.

– Por que você não foi à polícia, então? Para dizer a eles que viu Stu com esse cara?

Greg Tyler se levantou.

– Não tenho que me justificar para você.

– Você não se importa? Ele provavelmente caiu do penhasco quando você estava lá.

– Ele devia ter deixado minha mulher em paz. Então talvez eu me importasse.

Greg voltou ao balcão. Rose deu uma olhada e o viu entrar pela porta ao lado. Depois ele reapareceu do outro lado.

– É melhor eu ir embora – disse Joshua, irritado. – Ou vou acabar gritando com ele.

Joshua começou a sair, e Rose falou:

– Vou ficar mais um minuto.

A porta do café fechou, e ela se virou e viu Greg Tyler olhando na direção de Joshua. Rose respirou fundo e foi até o balcão.

– O que foi? – perguntou ele mal-humorado.

– Só queria lhe perguntar uma coisa. Você viu o homem com quem Stuart Johnson estava discutindo?

– Quem é você, *Dr. Watson*?

– Por favor. Só estamos tentando descobrir o que aconteceu.

– Você é namorada dele?

Rose balançou a cabeça.

– Irmã de criação. Mais ou menos...

– Eu não vi o cara. Estava muito escuro lá em cima. Mas Johnson o conhecia. Ele o chamou pelo nome, Len ou Ben ou Den, alguma coisa assim.

– Obrigada – disse ela.

– Não foi minha culpa. Estou falando dele e da minha esposa. Não posso ser culpado por isso!

– Não, eu entendo. Josh está chateado. Ele acabou de ver o tio, que está mal.

Pela primeira vez, Greg Tyler parecia um pouco envergonhado.

– Cair de um penhasco. Não é nada recomendado.

Ela se afastou do balcão, irritada. Abriu a porta, feliz com o ar frio. Joshua estava do outro lado da rua, recostado em uma parede de tijolos, à sua espera. Rose foi até lá e ficou de frente para ele. Joshua olhava para o Chaleira Azul, o rosto sério.

– Você não pode culpá-lo por ser tão negativo em relação a seu tio.

– *Negativo?* Mas que jeito educado que você tem de falar, Rosie!

Rose desviou o olhar. Joshua não costumava perder a calma com ela.

– Me desculpa. Só me espanta que ele possa falar do Stu assim tão... Que provavelmente estava *lá* quando meu tio caiu. Venha. Não quero ficar aqui. Vamos voltar para casa.

Eles começaram a caminhar lentamente, como se não tivessem para onde ir. Algumas pessoas passaram e eles tiveram de seguir um atrás do outro. A Promenade parecia estar em meio às sombras, e havia pesadas nuvens no céu. Rose esperou Joshua chegar ao lado dela e então passou o braço pelo dele.

– Ah – disse ela. – Greg Tyler falou que seu tio chamou o cara pelo nome. O cara com quem estava discutindo.

Joshua assentiu.

– Ele disse que era Den ou Len ou talvez Ben.

Joshua franziu a testa.

– Seu tio conhecia alguém com um desses nomes?

Joshua ficou paralisado, como se de repente tivesse tido um estalo.

– O quê? Algum desses nomes é familiar?

– Não – respondeu Joshua. – Mas se parecem muito com *Bren*.

Rose fez uma cara de que não tinha entendido.

– Bren?

– Stu chamava meu pai de Bren. Era seu apelido para ele.

– Bren? Não entendo.

– Talvez Stu estivesse discutindo com meu *pai*. Talvez meu *pai* estivesse aqui em Newcastle na noite de quarta-feira!

VII

Quando chegaram em casa, Joshua já estava certo de que o tio conversara com o pai na noite da queda. Além disso, tinha se convencido de que mantiveram contato durante os cinco anos, desde que desaparecera.

– Faz sentido – disse ele. – Não sei por que não pensei nisso antes. Assim que descobrimos que meu pai e Kathy estavam vivos, eu devia ter calculado. Se meu pai estava vivo, Stu saberia de alguma coisa.

Na mesma hora em que entraram, ele decidiu vasculhar a casa. Rose não estava convencida. Aquela lógica era muito frágil.

– O que exatamente você está procurando? – perguntou Rose.

– Não sei. Provas de alguma comunicação recente entre meu pai e Stu. Algum documento ou pertences de meu pai, talvez coisas que ele tenha pedido para Stu cuidar. Qualquer sinal que mostre que eles mantiveram contato.

Joshua parecia diferente. Estava agitado, como se um fogo tivesse se acendido dentro dele. Rose viu quando ele ligou para Skeggsie e explicou sem fôlego o que Greg Tyler dissera. Quando desligou, ela calculou que Skeggsie largaria tudo e estava a caminho.

Dez minutos depois, ele tinha chegado. Então Joshua organizou a busca.

– Rosie, você procura na sala de estar e na cozinha. Skeggs, você olha o computador do Stu e eu vou ver o escritório e o quarto dele, e todo o andar de cima. Rosie, você precisa olhar por baixo das coisas, ver se o tapete foi levantado. Olhe tudo.

– Mas você realmente acha...

Rose ouviu os dois subirem as escadas e depois Poppy ir atrás deles. Ela olhou consternada para a cozinha. Uma palavra tinha provocado aquilo tudo. Uma palavra que provavelmente tinha sido ouvida mal a distância. Ben, Len ou Den.

Ela andou cansada até a pia e deixou correr um pouco de água nas pontas dos dedos. Então, pressionou-as em volta dos olhos. Depois suspirou e começou a procurar. Subiu nas cadeiras da cozinha e olhou no alto de todos os armários. Em seguida, revistou todos os armários, movendo tudo de lugar para o caso de alguma coisa ter sido escondida embaixo. O que poderia ser *essa coisa*, ela não sabia, mas queria ser minuciosa. Podia ouvir o som de móveis sendo arrastados lá em cima e gavetas se abrindo e fechando. Ela continuou a mover pratos e panelas, procurando em cantos escuros, tateando os lugares que não podia de fato ver. As gavetas da cozinha estavam bagunçadas, e ela tirou um monte de coisas lá de dentro, principalmente folhetos de entrega de pizza e comida indiana.

A única coisa que encontrou foi um pequeno diário. Ao folhear as páginas, viu que estavam vazias. Nada fora escrito nele. Era meio estranho um homem ter algo assim. Era o tipo de diário que cabia em uma bolsa de mão. Provavelmente tinha sido um presente de Natal de um dos alunos de Stu, e ele não quisera jogar fora.

A revista à sala de estar pareceu mais fácil. Ela afastou o sofá e olhou o tapete para ver se fora levantado, mas não havia nenhum sinal de que alguma coisa tivesse sido mexida. Havia duas prateleiras de livros e ela meticulosamente pegou cada um e segurou para baixo pela lombada. Nada caiu. Ela mexeu os enfeites de lugar e então olhou desanimada para três prateleiras de DVDs. Seus ombros caíram. A única forma de ter certeza era examinar cada um deles. Ela se sentou de pernas cruzadas no chão, pegou de um em um e deu uma olhada. Então passou os dedos pela parte de trás de cada prateleira, para ver se havia alguma coisa presa ou enfiada lá. Depois colocou os DVDs de volta.

O andar de cima estava mais silencioso, e Rose se perguntou se Joshua examinava os papéis de Stu, um trabalho muito mais difícil do que o que estava fazendo. Devia haver mais livros, arquivos e fichários.

Ela ainda não sabia bem *o que* procuravam.

Quando teve certeza de que não havia nada na sala de estar, voltou para o corredor. Debaixo da escada havia um armário. Rose o abriu. Havia vários casacos pendurados lá. Ela tirou cada um deles e examinou os bolsos. Achou embalagens de lenços de papel, várias pastilhas para garganta e alguns chicletes. Encontrou também pequenos sacos plásticos pretos, que ele devia levar para os passeios com Poppy. Além disso, para seu embaraço, achou uma embalagem de preservativos. Rose fechou a porta do armário e de repente se sentiu cansada.

Há quanto tempo estavam fazendo aquela busca? Uma hora, talvez duas? Ela foi até a cozinha e preparou uma xícara de chá. Enquanto a movimentação continuava lá em cima, ela se sentou para beber e pegou o diário que achara para dar outra olhada. Não havia nada escrito ali. Ela folheou as páginas para a frente e para trás, e, então, algo chamou a sua atenção. Havia uma data circulada – 24 de junho. Em contraste com as outras páginas em branco, o círculo azul simples se destacava, e ela se perguntou como não tinha visto aquilo antes. Folheou um pouco mais e viu que outras datas estavam circuladas – 24 de janeiro, 24 de fevereiro, 24 de agosto. Um dia de cada mês tinha sido marcado. Nenhuma explicação e nenhuma anotação sobre o motivo. Isso fez Rose se lembrar de quando estudava no internato Mary Linton e as garotas circulavam algumas datas em seus diários para indicar quando deviam ficar menstruadas.

E era sempre o dia 24 que aparecia circulado ali no diário. Por que Stu marcara aquelas datas? A última do ano chegaria em breve. Segunda, 24 de dezembro, véspera de Natal.

A porta da cozinha se abriu e Poppy apareceu, abanando a cauda, a língua para fora. A cadela parecia cansada como se também estivesse empenhada naquela busca. Rose bufou. Parecia que eles ainda estavam ocupados lá em cima. Ela se levantou.

– Quer dar uma volta?

Poppy a seguiu até o corredor. Rose pegou o casaco e a guia e então gritou para o alto da escada:

– Acabei a revista por aqui, Josh. Vou levar a Poppy para passear.

De longe, ela ouviu um som. Podia ter sido um *Tudo bem* ou *Está bem*.

Ela caminhou em direção ao mar. Depois de alguns minutos, virou-se para a Promenade e sentiu a força do vento que vinha do Mar do Norte. Seguiu para a praia. O vento a fez parar e ela procurou manter o equilíbrio. O cheiro de água salgada era forte, o vento, úmido, e gotas de água do mar eram carregadas pelo ar que corria. Ela caminhava, a guia de Poppy se esticando e se retraindo à medida que a cadela achava coisas para correr atrás. Rose ficou bem quieta, olhando as ondas, o cabelo voando para longe do rosto. O ar frio a acordou, e ela andou em direção a um banco coberto no fim da Promenade. Havia lugares dos dois lados, um de frente para o mar, e o outro, para as lojas. Estava frio demais para ver o mar, então ela se sentou virada para a rua.

Várias pessoas perambulavam por ali, e ela se perguntou se estavam comprando presentes de Natal de última hora. Recostou-se e ficou vendo um grupo de jovens em frente a uma lanchonete de frango frito. Estavam bem próximos, vários fumando, um deles envolvendo o isqueiro com a mão para proteger a chama. Duas das garotas pareciam estar cantando algo, seus lábios sincronizados em palavras que Rose não conseguia identificar. A alegria delas com a música fez Rose sorrir. Uma das meninas parecia familiar, e Rose se lembrou de tê-la visto no pub na noite anterior com Rory Spenser.

Uma voz a assustou:

– Oi.

Ela olhou para cima e viu Martin, amigo de Joshua.

– Olá – disse Rose.

Martin sentou-se ao lado dela, despejando algumas sacolas no banco. Então acariciou e esfregou Poppy.

– Como está o Stuart? – perguntou ele.

– Bem, eu acho. Você estava comprando presentes de Natal? – indagou ela.

– Bem, a maioria é presente.

– Faz sempre tanto frio assim aqui?
– Você quer dizer aqui no norte ou aqui junto ao mar?
– Junto ao mar.
– Isso não é nada. O tempo está ameno.
– Como é lá em York? Um dos professores de meu colégio diz que é um ótimo lugar para se ir.
– É bem mais quente por lá. Não. Você devia ir lá para conhecer. A faculdade é ótima e a vida noturna é bem movimentada. Você podia passar um fim de semana lá. Posso lhe mostrar.
– Você sempre convida garotas estranhas para passar o fim de semana?
– Eu só convido garotas estranhas. As normais não têm graça.
Rose sorriu. Não sentia tanto frio agora que o banco coberto a protegia do vento.
– Você sempre se veste de preto?
– Eu não me visto só de preto – retrucou ela. – Também uso branco.
Naquele dia, porém, ela estava toda de preto. Blusa de gola rulê, jeans e botas.
– Fúnebre. Essa é sua abordagem geral para a vida?
– Não, uso preto e branco porque são as cores em que me sinto confortável. Estou de saco cheio de pessoas como... como Anna, minha avó, me dizendo para usar outras cores, porque não é o que quero fazer. Preto e branco têm uma espécie de simplicidade, uma força.
– É como você e eu, então. Ficamos bem juntos.
– O que você quer dizer?
– Você é branca e eu sou negro.

Ele deixou a mão pairar sobre a dela. A pele dele era como madeira escura, a dela, pálida como papel.

– Para mim, você está bonita – disse ele.

Martin olhava para Rose, e ela balançou a cabeça.

– Não sou uma dessas meninas que você tem que elogiar – devolveu ela, afastando-se um pouco dele. – Não preciso de ninguém para me dizer como estou.

– Todo mundo precisa de alguém para lhe dizer como está. Você está bonita. Aceite o elogio. Não o descarte assim.

– Está bem – disse ela depois de ficar um pouco em silêncio. – Vou aceitar.

– É isso aí. Não foi tão ruim, foi?

Ela sorriu. Não era tão ruim.

– Você gostaria de sair para tomar uma bebida comigo? Hoje à noite?

Rose olhou para ele, surpresa.

– O que foi que eu disse? – perguntou Martin.

Ela sorriu e olhou em volta, envergonhada.

– Há algo de errado comigo?

– Não, não! É só que eu... Eu não... Não é uma boa hora...

– Ah! Existe outra pessoa, não é? Você deixou um namorado lá em Londres.

– Não! Bem...

– Olha, se você mudar de ideia, estarei no Farol por volta das sete. E guardarei uma garrafa de cerveja com seu nome.

– Duvido que vou conseguir...

Ele se levantou.

– Estarei lá, se você mudar de ideia...

Ele se afastou, as sacolas balançando. Ela não pôde deixar de sorrir.

Alegre-se, Rose!, pensou. *Você acabou de ser chamada para sair!*

Ela ficou vendo Martin ir embora. Ele parou por um instante e falou com a garota que ela reconhecera da noite anterior. Eles conversaram por alguns minutos, e, em seguida, Martin entrou em uma loja. Michelle saiu, e Rose a seguiu com os olhos e viu quando entrou no estacionamento de um grande hotel, o Royal. Michelle subiu depressa os degraus e entrou. Rose se perguntou se ela trabalhava lá. Bem nessa hora, uma mulher saiu das portas de vaivém segurando um cachorro nos braços. Ela era alta e magra, com cabelo loiro platinado. Quando chegou ao último degrau, deixou o cão saltar para o chão. Então estendeu uma chave de carro, e Rose olhou em volta e viu as lanternas de uma SUV prateada piscarem.

Era a mesma SUV que vira na rua de Joshua dois dias seguidos. A motorista era, obviamente, uma hóspede do hotel. A mulher entrou no carro com o cachorro. Momentos depois, a SUV saiu do estacionamento e ela viu a placa *GT50 DNT*. Ficou pensativa enquanto via o carro se afastar da Promenade.

De volta a casa, Skeggsie abriu a porta. Rose soltou a cadela da guia. Joshua descia a escada. E não parecia tão feliz quanto antes.

– Onde você esteve? Sumiu faz tempo!

– Me desculpe, terminei minha busca e pensei em levar a Poppy para dar uma volta. Vocês acharam alguma coisa?

– Não. Ainda não revistamos tudo e Skeggsie tem vários arquivos para examinar no computador. Pensamos em fazer uma pausa, comer alguma coisa e continuar mais tarde.

– Você viu o diário que encontrei? Deixei na mesa da cozinha.

– Não.
Ela foi até a cozinha, pegou o pequeno livro e o entregou a Joshua.
– Não há nada escrito nele, só algumas datas circuladas. Não sei o que significa. É o dia 24 de cada mês.
– Por que não levou o diário lá em cima assim que encontrou? Essas datas podem estar relacionadas a algo no computador do Stu. Por que diabos você não fez nada e só deixou o diário aí?
– Eu não tinha certeza se era importante.
– Você podia ter perguntado!
– Eu estava ocupada procurando...
– Você podia ter perguntado, Rosie. Podia ter se esforçado. Não quero ter que fazer tudo sozinho.
Joshua pegou o diário e saiu da cozinha. A porta se fechou atrás dele. Skeggsie parecia sem graça.
– Não achei que fosse...
– Ele só está chateado. A possibilidade de o pai estar em Newcastle mexeu com ele.
Rose assentiu, cansada. Estava se acostumando a ser tratada daquele jeito por Joshua.

VIII

A busca continuou durante toda a tarde e a noite. Depois de revistarem a casa, eles saíram e procuraram na garagem, no barracão do jardim e no sótão. Não havia nenhum sinal de nada ligado a Brendan em quaisquer das coisas ou papéis de Stuart. Por volta das nove horas, eles se sentaram na sala de estar com latas de cerveja. Na mesinha de centro, havia uma pasta azul com alguns papéis para fora.

– Não foi um completo desperdício de tempo – disse Joshua, suspirando. – Descobri que meu tio tem uma grande dívida de cartão de crédito.

– De quanto? – perguntou Skeggsie.

– Essa pasta é uma bagunça, mas duas contas atingiram o limite de crédito. Parece que a dívida é de quase oito mil libras. A maior parte foi feita em jogos de azar on-line e nas últimas quatro semanas.

– Ah.

– Então, além do coração partido, ele também está quebrado.

Se ao menos Joshua tivesse visitado o tio, pensou Rose, mas não disse nada. Uma curta visita de fim de semana no meio do período teria alertado Joshua de que algo estava acontecendo. Talvez ele tivesse descoberto que Susie era casada e dito algo a seu tio, para fazê-lo pensar. Ou talvez ele pudesse ter encontrado algumas das contas do cartão de crédito e percebido que havia algo errado. Em vez disso, seu tio, livre de qualquer reprovação, parecia ter mergulhado de cabeça, se envolvendo ainda mais com Susie e se afundando em dívidas.

Mas Joshua ficara completamente envolvido pela busca aos pais, quase não falava do tio, e Rose nunca pensara em perguntar. Agora ele não parava de repetir o que Greg Tyler dissera, que Stuart tinha falado *Bren*. Os eventos se repetiam. Sua busca pelos pais o fazia deixar Stuart de lado novamente.

Rose estava cansada e ainda magoada com as palavras duras que Joshua lhe dissera. Tomou um gole da cerveja e percebeu que já não estava mais a fim de beber. Disse que queria se deitar cedo, e Joshua assentiu e continuou a conversar com Skeggsie.

Na manhã seguinte, quando abriu as cortinas do quarto, viu a SUV novamente. Estava lá, estacionada mais para baixo, do outro lado da rua, com a mulher ao volante. Não dava para ver o cachorro, mas Rose calculou que estivesse no carro.

Por que a SUV estava lá?

Será que tinha ficado paranoica?

Joshua estava lá embaixo. Ela podia ouvir o rádio e sentir o cheiro de comida sendo preparada, então entrou no quarto dele.

Era a primeira vez que entrava lá e ficou surpresa em ver como estava vazio. Era como se Joshua tivesse levado absolutamente tudo para Londres com ele. Não havia quadros na parede, nem enfeites, prêmios, fotos ou recordações. Totalmente diferente do apartamento em Londres, repleto de cartazes, livros, CDs, DVDs, revistas. Era como se ele tivesse decidido que não voltaria. Ela se perguntou, por um momento, se o tio dele também via assim. Se tinha entrado no quarto vazio e percebido que Joshua, que crescera com ele, não tinha apenas ido para a universidade. Tinha ido embora para sempre.

A mala de Joshua ainda estava no canto. O zíper estava meio aberto e algumas roupas saíam pelo buraco, como se ele tivesse revirado à procura de alguma coisa para vestir. No encosto da cadeira perto da cabeceira de Joshua estava a jaqueta de couro que ele havia comprado de presente de Natal para o tio. Seu laptop, telefone, carteira e alguns papéis estavam todos espalhados no chão ao lado da cama.

Na parte de trás da porta, estava pendurado o novo casaco de Joshua. Rose prestou atenção para ouvir se ele estava para subir. Não escutou nada, então enfiou a mão no bolso do casaco e pegou o bloco que ele vinha usando para anotar placas de carros. Abriu e viu várias páginas de números escritos com letra meio torta, alguns a lápis, outros à caneta. Cada página tinha uma data na parte superior. Ela sentou na beirada da cama de Joshua e olhou a lista. Começou com a mais recente, a de anteontem, quando estavam vindo de Londres. *GT50 DNT* era o que estava procurando.

Quase no fim da página, encontrou.

GT50 DNT.

Ela estava certa. A SUV prateada estava lá quando eles pararam no posto de gasolina. Com certeza aquilo já era coincidência demais. Ela rasgou um pedaço de papel do bloco e anotou o número, depois guardou no bolso.

Olhou para o chão pensando no que fazer em seguida. As coisas de Joshua estavam aos seus pés, como se tivessem simplesmente sido jogadas ali. Ela tentou pegar tudo, e alguns papéis caíram. Deixou as coisas no edredom enquanto recolhia o que ainda estava no chão. Quando colocou aqueles papéis e a carteira na cama, ela se abriu. Em um dos lados, havia uma fotografia. Ficou espantada ao ver seu próprio rosto.

Joshua carregava uma foto dela na carteira.

Rose pegou a carteira e viu que a foto estava em um daqueles compartimentos plásticos para cartões de crédito. Virou a foto e viu a letra de Joshua. *Rosie, Camden Market*. Ela se lembrou que, enquanto faziam compras no início da semana, Joshua havia tirado algumas fotos com o celular. Ele devia ter cortado qualquer que fosse a imagem para chegar àquele pequeno close dela. E não estava nem sorrindo. Seu rosto tinha um ar indagador e sua franja, muito longa, cobria um pouco os olhos. Estava usando os brincos azuis, então a foto tinha sido tirada depois que Joshua os dera para ela.

Rose estava surpresa.

Não, estava *tocada* por ver que ele carregava uma foto sua.

Ao colocar a carteira na mesa de cabeceira, ela se lembrou da SUV prateada. O que faria com aquela informação? Se contasse a Joshua, só o deixaria ainda mais preocupado. Skeggsie devia chegar logo. Esperaria até que ele estivesse sozinho para lhe falar. Então guardou de volta o bloco no bolso do casaco de Joshua.

No andar de baixo, ela foi direto até a chaleira. Joshua estava sentado à mesa da cozinha lendo coisas em seu telefone.

– Quer saber? – disse ele.

– O quê? – perguntou Rose alegremente, determinada a começar o dia de um jeito positivo.

Rose pegou o pão e colocou uma fatia na torradeira.

– Tenho uma teoria. Acho que Stu mantinha contato com meu pai. Talvez durante todos esses cinco anos, ou apenas uma parte desse tempo. Acho que, quando meu pai encontrou um lugar seguro para ficar, deu um jeito de falar com o Stu e disse para ele não me contar nada, e foi o que o Stu fez.

Rose estava de costas para Joshua. Queria dizer a ele para parar, para ir devagar, esquecer as teorias e cuidar apenas do tio acidentado.

– Acho que talvez Stu devesse ter alguma forma de entrar em contato com meu pai; um número para ligar, uma caixa postal para onde escrever. Talvez ele tenha percebido que estava se enrolando financeiramente e pedido a meu pai para se encontrar com ele no penhasco Cullercoats. E foi por isso que estacionou mais afastado, porque sabia que um encontro com meu pai tinha que ser secreto.

– E por que ele pediu a Greg Tyler para ir até lá, se ia se encontrar com Brendan?

– Ele ia se encontrar com meu pai mais cedo, talvez oito e meia, e então combinou com Greg de vir depois.

– Mas você acha mesmo que ele faria isso se era um segredo tão grande se encontrar com Brendan?

– Rose, isso é só uma suposição. Estou só testando algumas ideias. Você não precisa destruí-las antes mesmo de eu conseguir pensar em tudo.

– Me desculpa.

– Então ele se encontra com meu pai e lhe pede dinheiro e é por isso que eles brigam. Ou algo assim.

– E então?

– E então meu pai vai embora.

– E Greg Tyler? Você acha que eles se encontraram? Acha que ele estava dizendo a verdade?

– Talvez. Não. Eu não tenho certeza.

– Se Stu queria dinheiro, por que não só falou com Brendan? Pode-se transferir dinheiro por telefone.

– Ah. – Joshua sorriu, mais seguro agora. – De jeito nenhum meu pai ia transferir dinheiro de uma conta de banco para outra. Isso deixaria um rastro que poderia levar até ele.

– Isto é, se Stuart falou mesmo Bren e não Ben, Den, ou Len.

– Como eu disse, é só uma teoria.

Joshua fechou os olhos. Ele parecia irritado.

– Não fale comigo sobre isso se não quer que eu tenha uma conversa aberta e honesta com você – comentou Rose bruscamente. – Não sou criança para você ficar chateado comigo.

– Isso não se trata de *você*, Rose.

– Eu sei. Não estou falando de *mim*. Estava só tentando responder o que você disse!

Rose deixou a torrada no prato e saiu. Estava indignada. Não estava falando *dela*. Não era o que havia pretendido dizer! Andou para cima e para baixo no corredor por alguns instantes, até se acalmar. Então se virou para voltar à cozinha, mas de repente sentiu que não poderia ficar ali com Joshua e ter aquela conversa toda de novo. Ela, na verdade, tinha algo importante a lhe dizer. Precisava lhe contar sobre a SUV, mas isso provavelmente provocaria mais farpas. *Por que você não me disse isso antes?* Ou: *Por que está falando disso agora quando há outras coisas mais importantes com que nos preocuparmos?*

Rose pegou as chaves da porta na mesa do corredor e saiu. Olhou para a rua. A SUV ainda estava lá. Deu alguns passos na calçada e ficou bem de frente, olhando para a motorista. A mulher olhou de volta. O carro estava muito afastado para ver o rosto da mulher, mas Rose percebeu que estava concentrada nela. Então viu o cachorro no lado do passageiro. Rose cruzou os braços e ficou bem parada. Duas mulheres passando por ali tiveram de desviar dela e disseram:

– Com licença, querida.

A motorista estendeu o braço até o cachorro. Segundos depois, Rose ouviu o motor da SUV e a seta. O carro saiu e desceu a rua, ganhando velocidade aos poucos. A mulher nem virou o rosto ao passar por ela. Quando a SUV foi embora, Rose se sentiu subitamente relaxada.

Em seguida se virou e viu Skeggsie vindo em sua direção.

Pôs a mão no bolso de trás e tirou o papel com o número da placa.

– O que você está fazendo aqui? – perguntou Skeggsie.

– É uma longa história. Você poderia pedir a seu pai para investigar esta placa?

Ela estendeu o papel.

– Como assim? – disse ele, pegando-o da mão de Rose.

– É uma SUV prateada, como aquela com que Josh e eu nos envolvemos em Stiffkey. Estava estacionada no posto de gasolina quando viemos para cá. Na primeira parada. E tem ficado aqui na rua por curtos períodos de tempo desde então. Acho que pode estar nos seguindo. Eu não queria contar ao Josh caso eu estivesse errada e isso o deixasse ainda mais tenso.

– Vou ver o que *eu* posso fazer. Tenho alguns programas para tentar descobrir essas informações. Se não conseguir, então peço ao meu pai.

– Acho que você não devia falar nada ao Josh ainda. Ele não anda muito bem.

– Eu sei.

– Você acha que Brendan estava aqui conversando com Stuart na noite do acidente?

Skeggsie soltou o ar entre os dentes.

– Talvez. Sabemos que Brendan está vivo, certo?

– E a minha mãe.

– É claro. Sabemos que os dois estão vivos. Por que Brendan não manteria algum tipo de contato com Stuart? É irmão dele e está cuidando de seu filho.

– Mas será que Stuart esconderia isso do Josh?

– Se Brendan lhe pedisse. Se a razão para ele ter desaparecido for importante o suficiente. Sim, acho que sim.

Joshua apareceu na porta. E olhou para os dois severamente.

– Quando vocês terminarem a conversinha, a gente pode entrar? Tenho que ir ao hospital às onze e depois preciso ver Joe Warner!

Rose olhou nos olhos de Skeggsie e expirou lentamente. Então o seguiu para dentro de casa.

IX

À tarde, Rose e Joshua levaram Poppy para dar uma volta.

Skeggsie estava visitando alguns parentes, então eles foram de ônibus pela Broadway, passando por quatro pontos até chegarem a Cullercoats. De lá, era uma curta caminhada até os penhascos.

Joshua estava mais bem-humorado. No hospital, encontrara o tio sentado na cama, tomando alguma coisa. Stuart ainda estava um pouco grogue, mas parecia se lembrar do fato de ter bebido muito antes da queda.

– Você não falou nada com ele sobre o Brendan? – perguntou Rose.

Joshua balançou a cabeça.

O policial Joe Warner estivera no hospital para conversar com Stuart. Na saída, após a visita, se mostrara bastante tranquilo sobre o caso. Dissera a Joshua para dar um pouco mais de tempo e que, se houvesse algo suspeito ali, a polícia descobriria. Também lhe dissera para tentar aproveitar o Natal.

– Posso ir visitá-lo com você? – perguntou Rose.

– Seria bom. Vamos juntos no Natal.

Eram quase duas horas e eles caminhavam pela trilha do penhasco. Estava frio e nublado. Rose tinha enfiado as mãos nos bolsos e sua jaqueta estava fechada até o pescoço. Atrás deles, dava para ver as ruínas de um castelo. À direita, o mar, vasto e calmo. À esquerda, uma área verde e a estrada mais além. À frente, o penhasco serpenteava para longe deles. Era o início da tarde, mas já havia o prenúncio de uma escuridão em direção ao leste. Continuaram caminhando, Poppy se aventurando à frente, farejando aqui e ali, arrancando e parando, olhando para trás, e depois seguindo adiante.

– Poppy não vai chegar muito perto da beirada? – perguntou Rose.

– Não, já andamos por aqui dezenas de vezes. Ela conhece o caminho.

– Você tem certeza de que está tudo bem? Fazer essa caminhada não vai perturbá-lo?

– Eu quero fazer isso. Quero ver o lugar onde Stu caiu.

Cerca de dez minutos depois, eles chegaram a um quadro de avisos que tinha sido fixado ali pela polícia:

Queda de penhasco. Um homem caiu de um penhasco aqui na quarta-feira, dia 19 de dezembro, aprox. às 22 horas. Ele só foi encontrado na manhã de quinta, dia 20. Você viu ou ouviu algo estranho ou suspeito pela trilha do penhasco na noite de 19 de dezembro?

Na parte de baixo havia um número de telefone para ligar.

Joshua passou pelo aviso para chegar à beirada. Rose o seguiu. Não era tão alto quanto imaginara. Dava para ver claramente a praia lá embaixo e, entre a beirada do penhasco e a areia, havia duas saliências que se destacavam, como pequenas prateleiras.

– Stu deve ter ficado caído ali a noite toda – disse Joshua. – Olha, se você estiver na praia, dá para ver dali. Não na escuridão, é óbvio, mas está claro agora.

– E a Poppy?

– Joe disse que a encontraram sentada aqui em cima. Ela estava muito fria. Eles a envolveram com cobertores prateados de emergência e a levaram para o veterinário. Susie Tyler a buscou na clínica.

Joshua desviou os olhos do mar e se virou em direção ao parque, às casas e à estrada.

– Meu pai pode ter estacionado em qualquer lugar por aqui e se encontrado com Stu, enquanto ele caminhava. É o que estou pensando, Rose. Você perguntou, hoje de manhã, por que Stu combinaria de se encontrar com meu pai se ele sabia que Greg Tyler viria. Foi uma pergunta perfeitamente razoável. Mas e se Stu não tivesse marcado esse encontro com o meu pai? E se ele fosse se encontrar com Greg aqui e meu pai, por alguma razão, o *seguiu*, pensando que ele só tivesse saído para dar uma volta com a Poppy, então o chamou e eles tiveram uma conversa, que acabou em briga. E se foi isso o que aconteceu?

– É possível – respondeu Rose.

Joshua continuou olhando para a área como se estivesse vendo a cena dos acontecimentos da noite da última quarta.

– Meu pai o chama. Eles conversam. Discutem sobre alguma coisa que não sei. Então meu pai vai embora irritado e Stu grita por ele: *Bren! Bren!* Mas meu pai não volta. Stu está chateado. Não se esqueça de que ele bebeu muito... E ele se vira e segue em frente, como faria se estivesse na trilha, só que não está na trilha... está em uma diagonal da estrada para a beirada e, antes que perceba, cai.

A voz de Joshua era firme.

– Pode ter sido assim. O problema é que isso levanta muitas perguntas. Stu mantinha contato com meu pai? Por quê? E por que meu pai viria até aqui encontrá-lo, afinal? Por que não ligou para ele ou foi até a casa dele? Eu estava em Londres, então não tinha a menor chance de esbarrar com os dois.

Rose pegou-o pelo braço e continuaram andando. Mais à frente, havia um prédio que parecia já ter visto dias melhores. Quando chegaram perto, ela notou que havia uma área em frente com cadeiras, como se o lugar um dia tivesse sido um café. Rose viu dois rapazes por lá. Reconheceu um deles. Rory Spenser estava sentado ao lado de outro jovem. Havia latas de bebida na mesa à frente deles. Ela sentiu o corpo de Joshua se retesar. Poppy correu na direção dos dois. Rory se levantou e andou até a cachorra, curvando-se para brincar com ela. Rose ficou tensa.

– Tudo bem, Josh? – perguntou Rory.

Joshua acenou brevemente a cabeça. Levantou a guia e Poppy relutantemente voltou. Rory ficou parado, olhando para eles. O outro rapaz nem se mexeu e continuou ali tomando sua bebida. Assim que prendeu Poppy de novo na guia, Joshua virou-se e começou a se afastar. Rose o seguiu.

– Por que você ainda está tão irritado com aquele garoto?

– Rory? Ou o irmão dele, Sean?

– Rory. Martin disse que ele tinha mudado.

– Martin é um otimista. Pessoas como Rory não mudam.

Sua voz ficara séria e ele andava rapidamente. Ela teve de acelerar o passo para acompanhá-lo.

– Aquele era o irmão dele?

– Sean Spenser, outra figura detestável. Ele ensinou a Rory tudo o que sabe.

Rose passou o braço pelo dele, puxando-o de volta um pouco, tentando fazê-lo desacelerar o passo. Eles caminharam em silêncio por um tempo, passando pelo ponto onde estava o aviso da polícia. O humor de Joshua estava completamente descontrolado. Num minuto, ele falava calmamente sobre o pai, no seguinte, estava irritado com Rory Spenser, um garoto que conhecia há muitos anos. Era como alguém se debatendo em águas profundas, agarrando-se a qualquer coisa para não afundar.

– Martin é legal – comentou ela, mudando de assunto.

– Ele é um bom amigo.

– Ele me chamou para sair!

Ela parou. *Rose, Rose, por que você disse isso?*, pensou.

– O quê?

– Eu o vi ontem quando levei Poppy para passear e ele... ele só me chamou para sair.

– E você vai?

Joshua olhava direto para ela, intrigado.

– É claro que não – respondeu ela, desviando-o de uma placa no final do caminho.

Ele ficou em silêncio enquanto andavam de volta pela calçada até o ponto de ônibus. Então, parou de repente.

– Rosie, você não precisa recusar o convite do Martin por causa dessa história do Stu...

– Eu não quero ir... – disse ela.

O ônibus se aproximava e os dois correram para pegá-lo. Eles entraram, sem fôlego, e encontraram um banco na parte da frente. Joshua não disse mais nada sobre Martin, e Rose, aliviada, observou a paisagem pela janela, seus olhos atraídos para o hotel Royal quando passaram.

Mais tarde, já à noite, Skeggsie chegou com peixe e batatas fritas e eles assistiram a um DVD que ele tinha levado. Havia vinho tinto e cerveja e Rose se viu bebendo mais do que pretendia. No meio do filme, Josh pegou um uísque do armário de bebidas e perguntou se alguém mais queria. Nem ela nem Skeggsie aceitaram. Joshua deixou a garrafa a seu lado e toda hora enchia o copo. Quando se despediram de Skeggsie, Joshua estava meio trôpego, as palavras saindo um pouco arrastadas. Ele se recostou onde estava sentado, e Rose foi até a porta com Skeggsie.

– Eu nunca vi o Josh bêbado – disse ela.

– Eu já. Ele vai dormir e melhorar.

– Você teve alguma sorte com o número da placa?

Ele balançou a cabeça.

– Estou testando alguns Programas de Invasão.

– O quê?

– Extrair informações de arquivos seguros sem que ninguém perceba. Eddie está me ajudando lá em Londres. Só vou pedir a meu pai para investigar como último recurso. Não quero que ele meta o nariz em nossos negócios.

– Ele ficaria com raiva?

– Não, mas assumiria o comando!

A porta se fechou e Rose foi para a cozinha. Encheu mais um copo de vinho tinto e voltou para a sala de estar. Ficou sentada assistindo à televisão por um tempo, sentindo o vinho aquecer a garganta. Olhou para Joshua e viu que ele tinha dormido. Ainda estava sentado na poltrona, mas sua cabeça pendia para a frente. Ela largou o copo de vinho e se levantou.

Teria que tirá-lo dali, levá-lo para a cama. Balançou o braço dele.

– Josh, hora de dormir, Josh. JOSH.

Os olhos dele se abriram e, com dificuldade, ela o ajudou a se levantar.

– Vamos lá para cima agora, Josh, anda. Um pé atrás do outro.

– Obrig... – tentou dizer, com um braço em torno do ombro dela.

Rose o guiou para fora da sala e, então, subiram a escada cuidadosamente, descansando entre os degraus. Rose o motivava a continuar e, finalmente, no topo da escada, tirou o braço dele de seu ombro e o levou até o quarto. Joshua cambaleou até a cama, sentou-se e caiu de lado, a cabeça no travesseiro, os olhos fechados, os pés ainda no chão.

Rose ligou o abajur, que iluminou o quarto com uma fraca luz amarela. Era uma cama de casal e Joshua tinha desabado em uma das beiradas. Ela levantou os pés dele e o estendeu na cama. Em seguida, passando as mãos por baixo da cintura de Joshua, ela o empurrou. Ele rolou e ficou deitado de lado no meio da cama. Então, ela se sentou na beirada, cansada com o esforço. Talvez ela também tivesse exagerado um pouco no vinho tinto.

– Ob'gado, Rosie – ela o ouviu sussurrar.

Seus ombros relaxaram e ela se deixou cair na cama. Era só por um momento. Podia ouvir a televisão lá embaixo e sabia que tinha de desligar tudo e deixar Poppy sair para o jardim antes de também ir para a cama. Rose tirou os pés do chão e se virou de lado. Joshua estava completamente imóvel ao seu lado. Ela ficou parada por um tempo, depois passou o braço em volta dele, apoiando a mão em seu peito. Sentiu as costelas dele se moverem para cima e para baixo.

A camisa de Joshua tinha se levantado. Ela viu a ponta da tatuagem dele. Assim como a dela, também era uma borboleta. Subiu a manga da própria blusa para expor a sua. Os dois tinham a mesma tatuagem; aquilo parecia uma ligação secreta entre eles.

Joshua se mexeu. Rose ficou tensa e pensou que deveria sair logo dali antes que ele acordasse e a encontrasse lá. Ela levantou o braço delicadamente e já ia se afastar quando a mão de Joshua cobriu a dela e a puxou de volta. Ele parecia segurá-la ali.

– Josh? – sussurrou Rose.

Não houve resposta. Ele ainda estava dormindo. Ela deveria se mexer, mas a mão dele estava quente sobre a sua e ela havia se enroscado na curva de suas costas. Rose fechou os olhos só por um instante sentindo o peito contra o corpo dele. O vinho estava cobrando seu preço e ela se sentia cansada. Joshua estava tão quieto, como se todas as preocupações dos últimos dias o tivessem abandonado. Ela deixou o rosto afundar no pescoço dele, o cabelo de Joshua fazendo cócegas no nariz dela. Ele cheirava a xampu, sabonete e uísque.

Joshua moveu a mão dela um pouco.

Será que estava dormindo?

– Rosie – pareceu dizer.

Ele segurou os dedos dela firmemente com os seus e os levou até o rosto. Então beijou o pulso dela, lenta e delicadamente, sua língua na pele dela.

Rose foi tomada por uma sensação de desejo. Mal respirando, encostou a boca no ombro dele e beijou, roçando suavemente seus lábios, como o toque de uma pena. Eles ficaram assim parados por um tempo, então ele pareceu soltar a mão dela e ficar mais pesado, desabar, afastando-se um pouco. Ela saiu da cama.

– Boa noite, Josh – sussurrou.

Rose fechou a porta. Caminhou rapidamente para o quartinho e sentou na cama, abraçando o peito. Sua pele ardia de desejo.

O que estava acontecendo? Será que Joshua a *desejava*?

Ela gostaria de saber.

X

A véspera de Natal trouxe neve.

Rose olhou pela janela do quarto para ver se a SUV estava lá e se deparou com uma paisagem branca. Flocos de neve flutuavam, mas não chegavam a se acumular no chão. Ela ficou aliviada em ver que o carro prateado não estava na rua. Vestiu-se e desceu para deixar Poppy sair para o jardim. O ar frio entrou, e ela fechou a porta rapidamente depois que a cadela saiu. Estava com sede. Pegou um copo de água e bebeu quase tudo. Passava um pouco das nove e meia e não havia sinal algum de movimento vindo do quarto de Joshua. Ela pôs a chaleira no fogo e pegou um pouco de pão.

Ouviu uma batida na porta da frente.

Abriu e encontrou um homem de cerca de cinquenta anos segurando um caixa de papelão, do tipo que as pessoas usam quando estão de mudança.

– Joshua Johnson está?

Ela assentiu.

– Meu nome é Donald Bishop, o diretor da Academia Kirbymoore, onde Stuart Johnson ensina história. Desculpe incomodá-la na véspera de Natal, mas eu queria trazer essas coisas para o Stuart, caso ele precise delas durante o feriado.

– Ah.

– Posso entrar? – perguntou ele, olhando para a neve que caía.

– É claro. – Ela segurou a porta aberta.

Donald Bishop entrou. Ela apontou para a cozinha.

– Pode ir até a cozinha. Vou avisar a Josh que você está aqui.

– Obrigado, querida.

Rose subiu as escadas correndo e bateu à porta do quarto de Joshua. Ouviu um resmungo vindo lá de dentro e abriu só um pouquinho a porta.

– Josh, o diretor do colégio do Stu está aqui. Ele está lá embaixo, na cozinha. E quer falar com você.

Joshua estava completamente coberto pelo edredom. Deixou escapar um gemido.

– Vou preparar algo para ele beber e dizer que você já está vindo.

Rose desceu as escadas. Poppy latia na porta de trás. Ela a deixou entrar, e a cadela abanou o rabo para Donald Bishop, depois saiu correndo e subiu as escadas.

– Por favor, sente-se. Josh estará aqui em cinco minutos.

– Desculpe chegar cedo, mas, por ser véspera de Natal, tenho algumas outras coisas para fazer. E você é?

– Meu nome é Rose, sou a irmã de criação de Josh. Mais ou menos.

– Está cuidando do rapaz, depois do que houve, não é? Soubemos do acidente no último dia do período e as turmas de Stuart ficaram muito preocupadas.

Ela ouviu uma movimentação lá em cima, passos, portas se abrindo e se fechando. Poppy tinha conseguido acordar Joshua. Rose ficou aliviada.

– Deixe-me preparar uma bebida quente – disse ela.

– É muita gentileza sua. Um chá forte, por favor, com leite e duas pedras de açúcar.

Momentos depois, Joshua apareceu na porta da cozinha. Tinha se arrumado, mas não parecia estar se sentindo bem. Rose notou a garrafa de uísque ali perto e rapidamente a guardou no armário enquanto Donald Bishop começava a conversar com Joshua, falando mais ou menos a mesma coisa que lhe dissera. Ela preparou uma bebida para Joshua: café com leite. Saiu em seguida e subiu as escadas, deixando os dois sozinhos para conversarem.

Rose parou no quarto de Joshua. O edredom dele estava meio caído para fora da cama. Ainda na noite anterior ela havia se deitado ali ao seu lado. Será que ele ao menos se lembrava dela ali? Ou será que estava em um estado de torpor alcoólico?

Rose voltou a seu quarto. Dava para ouvir o murmúrio de vozes que vinham da cozinha. Estava cansada e mal-humorada. Talvez também estivesse de ressaca.

No canto do pequeno quarto viu a mochila que tinha levado. Estava uma bagunça; roupas saindo pela abertura, seus produtos de higiene pessoal espalhados. Ela abriu o zíper todo e esvaziou o conteúdo na cama. Começou a examinar as coisas que caíram e encontrou, ali no meio, o presente que Anna lhe dera de Natal. Sentou na cama de solteiro e abriu. Era um álbum, e Anna o preenchera com fotos de sua mãe. Havia um papel dobrado lá dentro. *Encontrei estas fotos entre as coisas da sua mãe. Achei que você gostaria.* Rose olhou para o presente com um arrepio de alegria. Havia umas vinte fotos. Ela folheou o álbum; fotos de família, além de algumas de Kathy com o uniforme de trabalho e os amigos. Havia até mesmo uma foto de Kathy e Brendan de pé, perto de um carro.

Tirou suas coisas da cama, deitou-se de lado e ficou olhando o álbum.

Concentrou-se nas fotos de família. Havia duas fotos de Natal em que sua mãe usava um chapéu de papel, algumas de Rose com a mãe no jardim da casa da Brewster Road. Rose sabia que era lá porque o jardim sempre parecera um pouco uma selva, e eles geralmente só usavam a parte de cima, onde havia um pátio de pedra. Continuou a folhear as páginas, voltando para uma foto em particular. Rose e a mãe sentadas lado a lado em cadeiras de jardim, Kathy com um braço em volta do ombro da filha. Sua mãe estava de óculos escuros e mostrava todos os dentes em um sorriso exagerado, como se alguém, provavelmente Brendan, tivesse dito para ela sorrir. Rose olhou com mais atenção a própria imagem. Parecia estar com quase doze anos. A foto devia ter sido tirada naquele último verão. Rose saíra da escola em que fizera os primeiros anos do ensino fundamental e comprara o uniforme novo durante as férias. Em uma dessas idas às lojas, a mãe tinha comprado para ela uma bermuda jeans com lantejoulas costuradas nos bolsos e em volta da bainha. *Jeans legais*, dissera Joshua. Brendan a chamara de fashionista. Rose estava com essa bermuda na foto. Ela a usara todos os dias durante semanas. Todas as manhãs se levantava e a vestia e depois enfiava os pés nos tênis ou sapatos de lona. Ela adorava a bermuda e não queria usar outra coisa. Quando a mãe insistia em lavar a peça de roupa, Rose botava o short do pijama e esperava, sem fazer nada. Assim que secava, ela vestia a bermuda de volta. Usar o uniforme escolar em setembro parecera um castigo. Rose deixara a bermuda na gaveta para o verão seguinte, mas nesse meio-tempo sua família se desintegrara e ela acabara indo morar na casa da avó. A bermuda tinha sido guardada com todas as suas coisas, tirada da mala pela empregada de Anna e arrumada em sua nova cômoda. Quando Rose a encontrou lá semanas depois, parecia que seu peito explodiria de tristeza. Ela desceu a escada e jogou a bermuda na lata de lixo ao lado da casa. Não suportava vê-la.

Rose virou a página, sem querer se emocionar demais. Algumas fotos de trabalho mostravam Kathy com os colegas. Os olhos de Rose correram por eles. Talvez tivesse conhecido alguns naquela época. Deviam ser as pessoas que ligavam para falar com sua mãe ou que vinham jantar trazendo uma garrafa de vinho. Mas já fazia tanto tempo que nenhum dos rostos lhe parecia familiar. Ela olhou com atenção uma foto que tinha certeza de que fora tirada por Brendan, embora não soubesse explicar por quê. Sua mãe usava um terno escuro e o cabelo dela estava puxado para trás, preso na parte de baixo do pescoço. Ela estava maquiada e seus óculos, alinhados e limpos. Havia apenas um discreto sorriso em seus lábios, como se estivesse fazendo o máximo para parecer séria. Ela era uma oficial de polícia. Trabalhava com casos arquivados. Era importante e profissional.

Rose olhava de uma foto para outra, o rosto da mãe sorrindo para ela do passado. Por alguns instantes, sentiu felicidade ao vê-la ali tão perto, como um encontro inesperado, uma reunião surpresa, mas depois foi tomada pela lenta e angustiante consciência de que aquilo era apenas uma ilusão e que a mãe estava tão longe dela quanto estivera nos últimos cinco anos. As fotos eram apenas uma cruel lembrança do que um dia ela já tivera.

Só então ela ouviu o diretor andando pelo corredor lá embaixo. Ele falava alto, como é costume dos professores. A voz de Joshua era apenas um sussurro perto da dele. A porta da frente se abriu e se fechou. Rose desceu as escadas e encontrou Joshua sentado na mesa da cozinha, com a cabeça entre as mãos.

– Não me sinto bem – comentou ele.

– Por que você não volta para a cama por algumas horas?

Ele acenou com a cabeça.

– São as coisas do armário de Stu na escola – disse ele, apontando para a caixa de papelão, que agora estava no chão. – O colégio está em obras ou algo assim e os armários tinham de ser esvaziados.

– Pode deixar que guardo isso – disse Rose.

Joshua saiu da sala. Depois de tomar café da manhã, Rose levou a caixa para o quarto de Stuart. Ela procurou fazer silêncio para não acordar Joshua. O quarto estava bagunçado e Rose se lembrou de que Joshua havia revistado o lugar no dia anterior. Havia pilhas de papéis no chão em volta da mesa de Stuart, e o edredom estava todo amassado. Ela pôs a caixa em cima da cama e decidiu desempacotá-la. Havia roupas e botas, além de livros e pastas. Ela pôs tudo na cama. Depois pegou duas canecas de times de futebol e as deixou na mesa de cabeceira. Por baixo havia um console de jogos, dois carregadores e alguns conectores embolados. Havia também algumas molduras com fotos de Joshua.

Bem no fundo, ela encontrou um cofre.

Parecia ser feito de aço e era do tamanho de um livro capa dura. Rose se perguntou se estava cheio de dinheiro, notas talvez. Estava fechado, mas não era pesado. Ela o virou e algo se moveu lá dentro. Um único item deslizou de um lado para outro. Não soava como dinheiro. Rose pôs o cofre na cama.

Foi até o patamar da escada. O quarto de Joshua estava em silêncio. Sentia-se cansada e com um pouco de frio. Pegou o único edredom de sua cama e desceu para a sala de estar. Ligou a televisão e deitou-se no sofá, cobrindo-se com o edredom. Ficou vendo alguns programas, sem prestar muita atenção. De vez em quando olhava pela janela e observava a neve caindo preguiçosamente.

Acabou adormecendo.

– Rose, acorda, Rose!

Acordou de repente e viu Joshua parado diante dela, segurando alguma coisa.

– Encontrei isso! Olha, achei isso nas coisas do Stu.

Ela se sentou, a cabeça zumbindo um pouco. Olhou para o relógio. Era quase meio-dia. Havia dormido por quase duas horas. Joshua tinha se trocado e segurava o cofre que ela encontrara antes. Estava aberto.

– Olha – insistiu Joshua, sentando-se ao lado dela. – Havia uma chave na mesa do Stu que abria isso.

Dentro do cofre, Rose viu um celular. Antigo. Parecia daqueles pré-pagos, e Rose se perguntou qual era o motivo de tanto alarde. Stu tinha um celular antigo que deixava na escola. E daí?

– A bateria estava descarregada. Achei um carregador entre as outras coisas que você desempacotou. Quando coloquei para carregar, consegui acessar os dados!

Joshua parecia animado, falando rápido, mas Rose ainda estava cheia de sono e zonza por ter sido acordada de uma hora para outra. Ela pegou o celular e olhou para a tela, que mostrava os registros de chamadas. Havia uma lista de números de telefone, alguns iguais, mas a maioria era diferente. Rolou a tela para baixo e viu que iam até janeiro.

– Veja as datas!

Todas as chamadas tinham sido feitas na mesma data. No dia 24 de cada mês – as mesmas que estavam circuladas no diário que ela havia encontrado. Exceto em dezembro, em que havia três chamadas extras.

– Stu guarda esse telefone trancado no trabalho. Não havia como eu encontrá-lo. Ele tinha esse aparelho para um único telefonema que recebia todos os meses.

– De números diferentes.

– A maioria.

– Por que você não liga para esses números?

– Eu estava pensando nisso – disse Joshua, pegando o celular.

– Mas não deste telefone. O número vai aparecer.

– Você está certa. Vou pegar meu celular.

Ele saiu depressa. Rose pôde ouvi-lo subir correndo a escada. Já totalmente acordada, ela tirou o edredom e pousou o celular na mesa de centro. Estendeu os braços para cima e girou os ombros.

Era meio-dia.

De repente, o celular tocou. Aquilo a surpreendeu. O toque era de um telefone antigo. Ela o observou por um segundo e, em seguida, o pegou.

– Está tocando! – gritou.

Não ouviu nenhuma resposta do andar de cima e deixou tocar mais duas vezes antes de apertar o botão de atender e levar o telefone ao ouvido. Rose não falou nada.

– Stu, sou eu – disse uma voz de homem. – Stu, sinto muito pela outra noite. Estou cheio de coisa na cabeça no momento.

Rose sentiu a boca ficar seca. Ouviu os passos de Joshua descendo as escadas. A voz do homem continuou:

– Stu, não fique irritado. Vou tentar arrumar algum dinheiro. Eu lhe prometi que não o deixaria na mão.

Joshua estava na sala. E olhava para ela com ar indagador.

– Achei que não faríamos ligações desse telefone – disse ele.

Rose tentou bloquear as palavras de Joshua. Virou-se para o outro lado para se concentrar no que estava sendo dito.

– Pelo amor de Deus, Stu, cresça!

– Quem é? – disse Rose. – Quem está falando?

O telefone ficou mudo. Ela o afastou do ouvido.

– O que houve? – perguntou Josh.

Mas Rose não podia falar com ele. Tinha de escrever o que havia sido dito antes que sumisse da sua cabeça.

– Preciso de uma caneta.

Na cozinha, ela abriu a gaveta e revirou as coisas à procura de uma caneta. Pegou um envelope de propaganda qualquer que estava do lado e começou a escrever.

– O que está acontecendo, Rose?

– Não fale comigo. Só por um minuto. Não diga uma palavra!

Ela escreveu tudo o que lembrava. O homem tinha falado quatro vezes com algumas pausas entre elas. Quatro linhas. Rose não conseguiu reproduzir palavra por palavra, mas era o mais claro que conseguia se lembrar.

– Rose, O QUE HOUVE? – perguntou Joshua, parecendo irritado.

– O telefone tocou ao meio-dia. Era o Brendan.
– Meu pai?
– Eu posso jurar. Era a voz dele, Josh. Tenho certeza. Escrevi aqui o que ele disse. Ele deve ter pensado que foi o Stuart que atendeu. Está aqui o que ele disse. Reproduzi o melhor que pude.
– Meu pai, falando ao telefone? Meu *pai* falou naquele telefone?
– Falou. Ele pensou que estava falando com o Stu.
– Qual é o número? Leia o número para mim. Se eu usar um telefone diferente, talvez ele atenda.

Ela leu o número na tela.

Joshua digitou o telefone em seu celular e o levou ao ouvido. Seu rosto estava extasiado, os ombros tensos, curvando-se de expectativa. Ele esperava ouvir a voz do pai. Rose prendeu a respiração enquanto ele estava com o telefone ao ouvido. Então Joshua o abaixou. E pareceu esvaziar como um balão.

– Ninguém atende.
– Era a voz do Brendan. Eu sei que era – reafirmou Rose.
– Eu queria ter ouvido – sussurrou ele.

XI

Uma hora mais tarde, Skeggsie chegou. Rose esperava por ele olhando pela janela. Pela primeira vez, tinha sido ela que o chamara. Ele ia sair com o pai para algum lugar, dissera, e passaria lá mais tarde, mas ela insistira. *Você tem que vir agora! É importante!*

Rose abriu a porta, aliviada ao vê-lo. Skeggsie estava de capuz e balançou o corpo para tirar a neve antes de entrar.

– Obrigada por vir – disse ela.

Joshua estava lá em cima, no escritório do tio. Eles podiam ouvir gavetas se abrindo e fechando. Mais cedo, ela fora até lá atrás dele e tentara conversar, mas ele parecia frenético, determinado a procurar novamente, a revirar o lugar de ponta-cabeça. Rose tocara seu braço e dissera que eles deviam se sentar, tomar uma bebida quente, comer alguma coisa, pensar melhor a respeito. Mas ele dera de ombros e continuara a busca, jogando coisas no chão, fazendo pilhas de papel de lugares que já tinha revirado.

Vê-lo daquele jeito a deixara triste.

Fora por isso que ela ligara para o Skeggsie.

– Ele está assim desde que contei sobre o telefonema.

Rose seguiu Skeggsie até a cozinha. Ao olhar em volta, ela percebeu que o lugar estava bagunçado, e a louça do café da manhã não tinha sido lavada. Skeggsie pegou o celular de Stuart da mesa da cozinha e o virou para olhar como se a resposta estivesse ali dentro. Examinou o cofre e as chaves.

– Como você pode ter tanta certeza de que era a voz do Brendan? – perguntou Skeggsie.

– Conheço a voz do Brendan. Ele morou comigo por três anos. Sei que era ele.

– E ele ligou ao meio-dia, como se fosse uma hora combinada.

– Do dia 24 de cada mês.

– Por que circular a data em um diário? É fácil de lembrar.

– Talvez ele tenha feito isso para identificar em que dia da semana caía. Então saberia se tinha que ficar com o telefone aqui ou no trabalho.

– Talvez.

Skeggsie estava pensativo.

– Isso é estranho. O tio dele deve saber onde Brendan está. Talvez Stu faça *parte* do que quer que isso seja.

Do que quer que isso seja. Os cadernos. Será que algum dia saberiam realmente do que se tratava?

Skeggsie andou de um lado para outro por alguns instantes. Rose viu que ele tinha cortado o cabelo; com navalha, bem curto. Era o mesmo corte que seu novo amigo Eddie usava. Isso a fez sentir-se estranha por um segundo, como se Skeggsie estivesse se afastando deles de alguma forma. O barulho de Joshua movendo as coisas no andar de cima parecia mais alto e um pouco enlouquecido. Aquilo lhe provocava uma sensação de mal-estar crescente. Com Joshua assim, emocional e instável, ela precisava de Skeggsie por perto.

– Você cortou o cabelo – disse Rose sem motivo.

Ele acenou ligeiramente a cabeça, descartando o assunto. Parou de andar, tirou o casaco, pendurou-o no encosto da cadeira e esfregou as mãos de maneira prática.

– Sei que falamos que adiaríamos todas essas coisas sobre os cadernos até voltarmos a Londres, mas já não dá mais. Agora que isso aconteceu, temos que encarar o assunto. Stuart está ligado de alguma forma.

– Talvez Brendan telefonasse apenas para checar se Joshua estava bem?

– Tudo bem, mas o fato é que Stuart sabia que Brendan estava vivo e escondeu isso de Joshua. Por que ele faria isso a não ser que soubesse o motivo de terem desaparecido? A menos que entendesse tudo?

– Porque o irmão pediu?

– Mas mentir para o Josh? Fingir? Há uma razão maior para isso tudo e nós só não sabemos qual é ainda. Temos que contar a Josh sobre a página que decodifiquei. E sobre a SUV. Se alguém está seguindo o Josh, isso pode representar algum tipo de perigo. Não podemos deixar que aconteça novamente.

Rose assentiu. Ela não gostava de concordar com Skeggsie, mas sabia que estava certo. Estava preocupada que aquelas coisas estivessem levando Joshua ao limite, e até mesmo a perder o controle. Eles não podiam deixar tudo aquilo de lado até voltarem a Londres. A coisa toda tinha, literalmente, seguido os três até ali.

– Vou chamá-lo – disse Skeggsie. – Podemos contar essas outras coisas juntos. Então teremos de pensar em um plano.

Skeggsie estava todo agitado. Ele ficava sempre à vontade quando havia coisas a serem feitas. Isso irritou Rose, ainda que soubesse que ele reagiria assim. Ela o chamara porque ele era completamente leal e totalmente confiável. Skeggsie nunca ficava mais feliz do que quando tinha a chance de fazer alguma coisa para Joshua. Ele subiu as escadas e Rose sentou e esperou. Depois do que pareceu um longo tempo, eles desceram conversando em voz baixa. Quando entraram na cozinha, Joshua parecia arrasado.

– O que está acontecendo? – perguntou ele.

Skeggsie lhe mostrou a página que tinha decodificado do caderno. Rose leu sobre o ombro de Joshua.

Operação VB
Viktor Baranski em um evento em seu restaurante, Cozinha do Oriente, 15 de julho às 17h30.

Rose olhou para Skeggsie. Ele estava observando Joshua mexer em sua gola, como sempre fazia quando ficava nervoso. Ela se concentrou no papel de novo, na parte importante.

Uma vez em custódia, Baranski deve ser passado para B.
Troquem de carros.
B vai levá-lo a Stiffkey.
B vai entregá-lo a F.
B vai esperar até que a operação seja concluída.
B vai ajudar a eliminar as provas.

– Eu não entendo – disse Joshua.

– Isso parece sugerir que Brendan esteve envolvido com o sequestro de Viktor Baranski – apontou Skeggsie sem rodeios.

Felizmente Skeggsie não acrescentou sua outra preocupação – a de que Brendan tivesse se envolvido, de alguma forma, com o serviço secreto russo na *morte* de Viktor Baranski. Rose sabia que Joshua não poderia suportar isso junto a todo o resto.

– E Rose notou que um carro vem nos seguindo – continuou Skeggsie. – Estava no posto de gasolina no caminho para cá e estacionado na rua aí fora alguns dias. É uma SUV prateada, placa número *GT50 DNT*. Havia uma mulher no carro todas as vezes que você o viu, não é, Rose?

– E um cachorro.

Joshua olhou para Rose.

– Por que você não me contou?

– Eu não queria preocupá-lo. Você já tinha problemas demais na cabeça.

– Podemos descobrir quem é o dono do carro?

– Estou tentando. Obviamente, se eu estivesse com meus equipamentos de Londres aqui, daria para fazer isso mais rápido, mas só tenho meu laptop, então está tomando um tempo. Tenho mantido contato com Eddie e ele está ajudando.

– Não estou gostando nada disso – disse Joshua. – Meu pai parece ter feito parte de uma trama ardilosa. Meu tio sabia que ele ainda estava vivo e me deixou morar aqui por cinco anos sem me dizer nada.

– Talvez ele não quisesse isso – sugeriu Rose serenamente. – Talvez Brendan o tenha pressionado.

Joshua balançou a cabeça.

– Stu é um cara decidido. Não teria feito nada que não quisesse. Talvez...

– O quê?

– Talvez ele fizesse parte disso de alguma forma.

– Como?

– Eu não sei, Rosie! – respondeu Joshua, com a voz elevada. – Se eu soubesse exatamente o que aconteceu com meu pai, então eu teria alguma ideia de como Stu poderia estar envolvido.

Rose se encolheu diante da raiva dele.

– E minha mãe – disse ela, com a voz embargada. – Talvez se você parasse de pensar em seu pai e seu tio, então se lembrasse de que minha mãe faz parte disso também.

– Ei! Vocês dois! Isso não vai nos levar a lugar nenhum.

– Desculpa, Rosie – disse Joshua, pegando a mão dela. – Mas às vezes sinto vontade de bater em alguém.

– Não em mim, espero.

– Não. – Ele sorriu.

Skeggsie estava de pé ao lado da mesa, segurando o chaveiro no alto. Havia duas chaves ali, e ele as observava atentamente.

– As chaves do cofre – comentou Joshua.

– Mas são duas.

– Sempre há uma reserva.

– Mas são duas chaves diferentes.

Joshua pegou o chaveiro de Skeggsie e segurou as duas chaves juntas.

– São mesmo.

– Isso quer dizer que pode haver outro cofre em algum lugar. Alguma outra coisa que seu tio tenha escondido. E essa pode ser a chave para abri-lo.

– Mas você já procurou em todos os lugares – disse Rose.

Joshua se levantou e deixou cair as duas chaves na mesa.

– Ele deixou em algum lugar onde eu jamais olharia. Como *isso* estava na escola – concluiu Joshua, apontando para o celular.

– Onde, então?

– Procuramos em todos os lugares. A menos...

Ele saiu da cozinha e subiu as escadas. Skeggsie o seguiu. E Rose foi atrás deles. Joshua entrou no quarto do tio e ficou em um dos cantos da cama. Então fez força e conseguiu chegá-la um pouco para o lado.

– Me ajude – pediu ele.

Skeggsie foi para outro lado.

– Vamos afastar a cama o máximo que pudermos. Posso entrar por baixo. Talvez ele tenha soltado as tábuas.

Era uma cama de casal e bem difícil de mover. Eles a empurraram até onde dava, deixando-a encostada às portas do armário. Josh deitou-se de bruços e deslizou para baixo da cama.

– Traz o abajur aqui.

Rose pegou o abajur e iluminou debaixo da cama. Joshua ficou lá por alguns instantes e, depois, saiu, balançando a cabeça.

– Parece intocado. Nenhum corte nas tábuas do assoalho. Nada.

Rose pôs o abajur de volta no lugar. Viu um envelope na mesa de cabeceira. Na parte da frente estava escrito *Testamento* em uma fonte escura e forte. E à mão, logo abaixo, lia-se *Stuart Johnson*. Rose pegou o envelope. Ela não o tinha visto antes, quando desempacotara a caixa.

– Achei o testamento dele nessa gaveta. A papelada toda nem estava junto – contou Joshua.

– Você tentou o sótão e a garagem? – perguntou Skeggsie.

Joshua assentiu mal-humorado.

– Tem que haver outro lugar em que você nunca procuraria – disse Skeggsie.

– Só há mais um lugar.

– Onde?

– O MG!

– O quê?

– O carro que Stu vem reformando nos últimos cinco anos. Era a única coisa que o fazia ficar todo irritado comigo. *Nunca toque no carro*, dizia ele. *É meu orgulho e minha alegria.*

Joshua saiu depressa do quarto e desceu as escadas. Atravessou a cozinha e passou pela porta que ligava a casa à garagem. Rose estava logo atrás dele. Poppy forçou sua entrada também. Skeggsie os seguiu. A garagem estava gelada. Bem no meio, havia um carro coberto por uma lona. Rose abraçou o próprio corpo enquanto Joshua começava a soltar as cordas e os nós. Após alguns minutos de esforço, ele tirou a lona do carro esportivo. Recuou, a capa emborrachada caindo perto dele no chão. Rose se perguntou se deveria recolhê-la.

– Não sei onde poderia estar. Não é exatamente grande, não é mesmo?

Era um carro de dois lugares. A maior parte era azul, mas uma asa dianteira era de um tom de cinza escuro. Não tinha pneus e estava em cima de blocos. Joshua abriu a porta e empurrou os bancos para a frente.

– Mal tem espaço para duas pessoas sentarem aqui – disse ele.

Depois foi para trás do carro e abriu o porta-malas. Havia um estepe preso. Olhou em volta da garagem, foi até o outro lado e pegou uma chave inglesa. Começou a afrouxar a porca da roda, gemendo várias vezes até soltá-la.

– Segure isso – pediu ele, entregando à Rose a porca e a chave inglesa.

Tirou o pneu, mas não havia nada por baixo. Ficou parado, passando a mão pelo cabelo.

– Alguém já dirigiu esse carro? – perguntou Skeggsie.

Joshua balançou a cabeça. Estava claramente chateado.

– E ali? – perguntou Skeggsie, apontando para o capô.
– O motor?
– Talvez ele estivesse reconstruindo isso também.

Joshua não respondeu. Parecia perturbado. Deu a volta no carro e ficou mexendo em alguma coisa. Ouviu-se um clique e o capô se abriu. Ele pegou uma haste, encaixou-a no carro e o capô ficou levantado.

– Muito bem...

Rose olhou lá dentro. Havia algumas partes do motor, oleosas e escuras. Do lado direito, havia algo coberto por um pano de prato. Joshua o tirou e deixou cair no chão. Era uma caixa de aço, como a que tinham deixado na cozinha. Essa era do tamanho de um fichário, fina, e estava trancada. Sem dizer uma palavra, Joshua voltou à cozinha, Rose e Skeggsie logo atrás, e fechou a porta para fugir do frio da garagem. Joshua pousou a caixa na mesa. Skeggsie pegou a chave e a abriu.

Dentro havia uma pilha de recortes de jornais, que Joshua tirou de lá.

Por baixo havia um caderno. Os três olharam fixamente para ele.

Era exatamente do mesmo tipo dos dois que eles já tinham. Skeggsie o pegou e o colocou na mesa, com muito cuidado, como se pudesse quebrar. Abriu a primeira página. Lá, assim como nos outros dois cadernos, havia uma fotografia. Dessa vez não era de um homem ou de um adolescente. Era uma garota vestindo um uniforme escolar e sorrindo para a câmera. Logo abaixo estavam escritas à mão cinco palavras, em firmes letras maiúsculas:

JUDY GREAVES, O CASO BORBOLETA

XII

– O Caso Borboleta? – indagou Rose. – O que é *isso*?

– Não sei – respondeu Joshua, pegando o caderno dela.

Skeggsie olhava atentamente a pilha de recortes de jornal. No meio deles, havia um grande envelope marrom dobrado, que fora aberto de qualquer jeito. Rose olhava para tudo aquilo com crescente frustração. O que aquelas coisas tinham a ver com o resto? Eles não precisavam de mais informações. Precisavam que algumas das informações que já tinham fizessem sentido.

– Não há nenhum código neste caderno. Olhe a primeira página. Está escrita à mão. É a letra do Stu. Depois só reportagens. Coladas, página após página.

– Vamos ver. Coloque aqui em cima da mesa para a gente ler – pediu Skeggsie.

Joshua abriu o caderno na mesa. Os três ficaram bem quietos, lendo o texto à frente:

O Caso Borboleta

Junho de 2002. Judy Greaves, uma garota de dez anos, desapareceu. Ela estava em um carro no estacionamento de um supermercado com a irmã mais velha. Sua irmã saiu do carro a certa altura para lembrar à mãe de comprar alguma coisa. Quando voltou, o carro estava vazio.

Como a irmã não tinha conseguido encontrar a mãe, ficou com medo de receber uma bronca e não fez nada até a mãe voltar. A princípio, disse à mãe que Judy tinha ido ao mercado atrás dela. A mãe entrou correndo e a procurou por toda parte. Depois voltou ao carro e ainda não havia sinal dela. Então alertou os funcionários. Chamaram a polícia e a área foi vasculhada. Ninguém no estacionamento viu nada. Uma câmera de circuito interno captou a imagem de um Ford Explorer preto deixando a área pouco depois. Havia um homem no banco do motorista e uma garota no do passageiro.

Não havia mais nenhuma imagem que despertasse a atenção.

Cinco dias depois, um corpo foi encontrado em um cômodo de uma casa vazia, na rua Primrose Crescent, número 6. A casa pertencia a um senhor de idade que tinha ido para um asilo. A menina foi encontrada por um corretor de imóveis que tinha marcado de ver um cliente. O quarto não estava mobiliado, exceto por quadros com borboletas presas por alfinetes. As paredes estavam cobertas por essas imagens, como se alguém tivesse sido um grande colecionador. O crime ficou conhecido como o Caso Borboleta.

Depois de uma investigação detalhada, obteve-se DNA humano a partir de fibras capilares encontradas no chão da sala. Essas fibras pertenciam a Simon

Lister, trinta e oito anos, um pintor e decorador de Newcastle, que tinha uma ficha criminal por abuso de menores. Ele também dirigia um Ford Explorer azul-escuro.

Simon foi acusado pelo assassinato de Judy Greaves. O julgamento aconteceu quase um ano depois do dia em que ela desapareceu.

No julgamento, a defesa de Simon Lister alegou que seis meses antes ele havia decorado aquela sala para o proprietário, o sr. Timothy Lucas, antes que fosse levado para o asilo. Seu advogado sustentou o caso afirmando que, em uma casa vazia e sem uso, fibras capilares poderiam permanecer no local por um longo tempo.
Simon Lister foi absolvido.

Joshua confirmou se todos tinham acabado de ler e, então, virou as páginas do caderno. Os recortes de jornais estavam por ordem de data. As manchetes pareciam uma narrativa. Garota de dez anos sequestrada no estacionamento do Morrisons; Por favor, devolva nossa filha, implora a mãe; Câmera de circuito interno foi usada para identificar o carro; Ford preto envolvido em sequestro de garota: a mãe faz um segundo apelo; Reencenação de sequestro no estacionamento do Morrisons; Corpo da criança descoberto em casa vazia; Paredes do cômodo da morte cobertos por borboletas; O colecionador de borboletas; Menina encontrada morta entre espécimes; Seiscentas pessoas comparecem ao funeral da garota borboleta; Homem de 38 anos preso por matar a garota borboleta; Amostras de DNA podem prender o assassino da borboleta; Começa o julgamento do Caso Borboleta; Judy ficou presa por dias antes do assassinato; Julgamento interrompido quando membros da família insultam o réu; O júri do Caso Borboleta ainda não se decidiu; Inocentado do assassinato de Judy; Réu do Caso Borboleta é considerado inocente.

Joshua virou as páginas. Depois disso, estavam vazias.

– Olhem esta carta – disse Skeggsie, enquanto a abria na mesa.

– É a letra do meu pai.

A carta era do dia 18 de maio de 2004. A letra era elegante, inclinada, às vezes difícil de ler.

Querido Stu,

Obrigado por me mandar informações sobre este terrível caso. Devolvi o caderno de recortes que você enviou. Não tinha percebido que isso aconteceu em Primrose Crescent, assim tão perto de você. Os detalhes são chocantes. Eu tinha lido sobre a história nos jornais nacionais, é claro – quem poderia esquecer o Caso Borboleta –, e também sobre o terrível desfecho, em que o assassino conseguiu se livrar. Escapar impune de um assassinato não é novidade, mas a coisa se torna especialmente perturbadora quando se trata de uma criança. Espero que a polícia de Newcastle esteja de olho em Simon Lister.

Meu novo trabalho é cuidar de casos arquivados e você tem razão quando diz que este é um crime antigo e não resolvido. A maioria de minhas investigações está ligada ao crime organizado. Você não acreditaria quantas pessoas ditas respeitáveis escapam de

assassinato (e coisas piores) cuidando para que outras façam o trabalho sujo por elas. Meus colegas e eu passamos meses em um determinado caso, digamos, de drogas ou tráfico, e às vezes temos sucesso e, em outras, não conseguimos nada.
O que vou dizer aqui é duro. O assassinato de uma garota de dez anos não se encaixa no perfil dos casos arquivados. Principalmente porque parece claro que sabem quem é o assassino, mas simplesmente não há provas. Realmente cabe à polícia local continuar investigando. Meu chefe tem seus "alvos", e este caso não está entre eles. Sinto muito mesmo.
Sei que você disse que a irmã da garota está em sua turma na escola. Entendo que ela esteja passando por um momento terrível, mas tem sorte de ter você como professor. Você vai cuidar dela, sei que vai.
Josh está bem e eu conheci uma mulher, a Kathy. Ela acaba de ser transferida para a nossa equipe. Kathy é incrível e acho que as coisas podem dar certo entre nós. Ela tem uma filha, Rose, que toca violino.
Eu estava pensando em ir visitá-lo em agosto, talvez no fim de semana do dia 23. Kathy e eu podíamos ir de carro na sexta à noite e voltar na segunda. A filha dela pode ficar com uma amiga, e Josh também. Faz muito tempo que não vejo você e gostaria que a conhecesse!
Me desculpe novamente por não poder ajudar com o Caso Borboleta. Bren

Os três ficaram em silêncio. Skeggsie havia se afastado e olhava os recortes restantes que espalhara na mesa. Ele parecia estar organizando os papéis em algum tipo de ordem. Rose leu a carta de novo. Joshua estava resmungando:

– Stu deve ter pedido a meu pai para assumir este caso. Dessa garota que foi assassinada. Deve ter mandado este caderno de recortes para meu pai, que disse que não podia fazer nada.

Skeggsie movia os recortes pela mesa.

– Por que esses não estão no caderno? – perguntou Rose, apontando.

– Estes são *posteriores* à resposta de seu pai.

Joshua fechou o caderno e Rose deu a volta na mesa, ficando do outro lado de Skeggsie. Ela examinou as manchetes. Acusado do Caso Borboleta é encontrado morto; Réu do Caso Borboleta foi assassinado; Acusado morreu com uma única facada; Lister é encontrado morto no jardim da frente de casa; Simon Lister assassinado a sangue-frio.

– Ele foi morto no sábado, dia 23 de agosto – disse Skeggsie. – Alguém bateu à porta e ele foi atender. Então o esfaquearam uma vez no coração e seu corpo foi arrastado para trás de uma cerca viva no jardim da frente. Ele foi encontrado pelo vizinho na manhã seguinte.

– Dia 23 de agosto, no fim de semana que meu pai disse que poderia aparecer. A que conclusão chegamos? – perguntou Joshua, suspirando. – O que isso significa?

– Seu laptop está aí? – perguntou Skeggsie.

Rose fez que sim. Ela subiu as escadas, pegou-o em sua cama e o ligou enquanto voltava. Então pousou o laptop na mesa. Skeggsie sentou e digitou algo. Depois de alguns instantes, deixou escapar um assobio baixo.

– Olhem isso!

Ele girou o laptop, e Rose viu um artigo de jornal na tela. Era grande, talvez de primeira página.

Assassino do Caso Borboleta tinha planejado outro crime

A morte de Simon Lister, há duas semanas, evitou um segundo assassinato. Fontes policiais dizem que buscas na casa de Lister e em seu computador revelaram detalhes de uma segunda criança que ele vinha perseguindo.
Seu computador mostrava centenas de fotos da menina, que a polícia está chamando de Criança X. Além disso, descobriram planos escabrosos para sequestrar e assassinar a garota.
A polícia também encontrou evidências de um cativeiro que até então era desconhecido. Neste lugar, havia peças de roupas de Judy Greaves que não haviam sido encontradas na época em que seu corpo foi descoberto. E, perturbadoramente, também encontraram roupas de pelo menos duas outras garotas não identificadas.
Uma investigação está sendo conduzida para checar esses itens e descobrir a identidade das vítimas desse predador sexual.
A polícia diz que a caça ao assassino de Simon Lister está em andamento.

Skeggsie clicou em mais alguns artigos. As manchetes eram as mesmas: Finalmente comprovada a culpa do assassino do Caso Borboleta; Justiça afinal para o assassino de Judy; Criminoso do Caso Borboleta é assassino em série?; Assassinato de Simon Lister salva uma segunda menina.

Joshua tinha sentado. Rose era a única de pé. Estava agitada com o que tinha lido. Sentia vontade de ficar andando de um lado para outro. Os três estavam de cara fechada, Skeggsie com um pequeno V na testa, Joshua com as sobrancelhas franzidas, Rose mordendo o lábio.

Por fim, Skeggsie falou:

– Você acha que Stu poderia ter feito isso?

Joshua balançou a cabeça furiosamente.

– Esfaqueado Simon Lister? Não! Stu é um cara muito tranquilo. Você o conhece, Skeggs. Sabe que ele não faria mal a uma mosca!

Skeggsie assentiu. Olhou para Rose e encolheu ligeiramente os ombros.

– Por que ele guardou todas essas coisas? – perguntou Rose.

– Porque significava algo para ele? Porque se sentia triste pela garota da turma dele, a irmã da menina morta?

– Mas por que manter tudo trancado? E depois tem o caderno...

– É um caderno de exercícios, Rose. A escola está cheia deles. Não há nenhum código nesse. Provavelmente não tem nada a ver com os outros. É só uma coisa que Stu guarda por motivos próprios. Vou pôr tudo de volta agora – disse ele.

Joshua se levantou, abriu a caixa de aço, pegou os recortes, o caderno e o envelope e jogou tudo lá dentro. Em seguida, fechou a tampa com força e trancou.

– E também tem o nome, *Borboleta* – continuou Rose, olhando para o braço, onde estava sua tatuagem.

– Stu não tem uma tatuagem de borboleta. Não tem!

– Não fique chateado – disse Rose.

– Como posso não ficar chateado? Meu tio nunca faria alguma coisa assim. Ele simplesmente não conseguiria. É uma boa pessoa.

– Vou pesquisar um pouco lá em casa, perguntar a meu pai sobre este caso. Ele estava na ativa na época. Deve se lembrar de alguma coisa.

Joshua assentiu formalmente.

– Vamos ao pub hoje à noite – sugeriu Skeggsie. – É véspera de Natal. Vamos beber um pouco lá no Farol e deixar isso tudo de lado por um tempo.

Joshua se levantou sem responder e saiu da cozinha com a caixa metálica debaixo do braço. Pouco tempo depois, eles o ouviram subir as escadas.

– É complicado – comentou Skeggsie.

– Vou tentar fazê-lo sair de casa hoje à noite.

– Aposto que vou achar alguma coisa sobre isso na internet, algo mais revelador do que os jornais. E vou ligar para o Eddie para ele checar a placa da SUV.

Rose caminhou até a porta. Lá fora a neve caía pesadamente, formando um tapete branco sobre o caminho. Skeggsie levantou o capuz.

– Obrigada por ter vindo.

– Não precisa agradecer.

Rose acompanhou Skeggsie se afastar e se lembrou de seu novo corte de cabelo. Igual ao do Eddie.

XIII

Quando Joshua voltou do hospital, Rose foi até ele. Estava ansiosa, querendo saber como fora a conversa com seu tio após a descoberta do celular e dos papéis sobre o Caso Borboleta.

– Não falei nada com o Stu sobre o que encontramos – disse Joshua. – Ele parece estar bem melhor agora. O resultado de seu exame de ressonância magnética foi bom e falaram de liberá-lo em dois ou três dias.

– Que ótimo – disse Rose. – Vou vê-lo amanhã com você.

Ele fez que sim.

– Não posso falar com ele sobre nada disso, Rose. Está tudo muito confuso em minha cabeça. É como se houvesse uma outra pessoa emergindo no lugar do meu tio, um cara que eu achava que conhecia muito bem. Mas por que isso devia me surpreender? Eu achava que conhecia bem meu pai.

Rose assentiu. As pessoas nem sempre eram o que pareciam.

Joshua subiu e ficou no quarto do Stuart a maior parte da tarde. Ela não ouviu nenhum barulho de gavetas batendo ou coisas sendo arrastadas, então imaginou que ele estava dando uma olhada no computador do Stu, abrindo e fechando arquivos, examinando o histórico de buscas, tentando encontrar pistas sobre o que vinha acontecendo na vida do tio.

Rose desligou a televisão. O lugar estava desarrumado, mas não ia se preocupar com isso naquele momento. Preparou duas bebidas quentes: um chá para ela e um café com leite para Joshua. Levou-as até lá em cima e empurrou a porta do quarto de Stuart. O cômodo estava uma bagunça, a cama ainda no lugar em que tinham deixado quando procuraram por pistas. Joshua olhava para a tela do computador. Ao lado do teclado, ela podia ver o envelope creme em que estava escrito *Testamento. Stuart Johnson.*

– Oi – disse ela. – Trouxe um café com leite.

– Obrigado.

– Vou me encontrar com Skeggsie no pub hoje à noite – comentou ela. – Por que você não vem?

– Preciso tirar isso da cabeça primeiro.

Rose apoiou o chá e pousou a mão no ombro dele.

– Venha só por algumas horas... Para fazermos uma pausa. Então talvez a gente consiga pensar logicamente sobre tudo isso.

Ele pôs a mão sobre a dela.

– Não sei o que faria se não fosse por você, Rosie – reconheceu ele, a voz rouca.

– Não diga...

Ela não pôde continuar. Joshua segurava sua mão com força.

– Sei que posso ser um pé no saco, às vezes, mas...

Ele olhava para a tela e não podia ver o rosto dela. Rose estava feliz. Seus sentimentos provavelmente estavam bem ali na cara. Ela despenteou a nuca dele com a outra mão, seu cabelo ondulado nos dedos dela.

– E Skeggsie – acrescentou ela. – Não se esqueça dele.

Joshua se virou, deixando a mão dela cair.

– É claro. Skeggsie é crucial. Só queria que vocês dois gostassem mais um do outro.

– Estamos chegando lá – admitiu ela.

Por volta das nove, Rose trocou de roupa para sair. Estava com uma blusa preta e calça jeans. Pegou o pequeno estojo de maquiagem e passou sombra, bastante rímel e um batom cor de ameixa, depois colocou os brincos azuis. Dois discos brilhantes de cor que contrastavam com os olhos esfumaçados e os lábios em um tom de rosa escuro.

Por que não? Era véspera de Natal.

Joshua saiu no corredor quando ela estava passando.

– Você está diferente – comentou ele.

Rose se olhava no espelho, enquanto vestia o casaco e se preparava para sair.

– São os brincos – disse ela, abrindo a porta da frente. – Eles me dão um pouco de brilho. Vejo você mais tarde?

Ela saiu em meio à neve, levantando o capuz.

– Em uma hora, mais ou menos! – gritou Joshua para Rose.

Rose caminhou pelas ruas escuras em direção à Promenade e ficou pensando se Joshua apareceria mesmo no pub. Podia ouvir o barulho da neve sendo esmagada sob seus pés, e um pouco do ar frio parecia dar um jeito de subir pelas suas mangas. Abraçou o corpo e começou a andar mais rapidamente. Saiu da rua e seguiu para a estrada que levava até a Promenade.

Estava escuro, alguns dos postes de luz estavam apagados. Ela acelerou o passo e quase esbarrou em um homem que saía de uma loja.

– *Big Issue?* – perguntou ele, segurando uma revista dentro de uma embalagem plástica.

– Você me assustou! – falou ela, irritada.

– Desculpe, dona.

Rose desviou dele e seguiu em frente, mas depois se sentiu mal. Quando olhou para trás, o homem havia se abrigado de novo na entrada da loja. Ela deixou escapar um *tsc, tsc* e pegou algumas moedas na bolsa. Então parou. Depois tirou uma nota. Isso a deixaria um pouco sem dinheiro, mas ela provavelmente poderia encontrar um caixa eletrônico em algum lugar no dia seguinte ou no próximo. Caminhou de volta até a porta e estendeu a nota.

– Obrigado, dona – disse o homem e estendeu uma cópia da revista, mas ela a dispensou e continuou seu caminho, segurando os lados do capuz para ele não voar para trás.

O pub estava movimentado. Skeggsie esperava no salão de trás e tinha guardado alguns lugares. Rose foi avançando lentamente até o bar. Uma mulher de aparência cansada a atendeu, chamando-a de "querida" quatro vezes. Rose comprou duas garrafas de cerveja e, em seguida, abriu caminho pela multidão até chegar ao salão dos fundos. Lá estava menos cheio e a música, mais baixa.

– Pra você – disse ela.

– Obrigado.

– Você teve chance de falar com seu pai?

Ele acenou com a cabeça.

– Ele sabia muita coisa. Em 2002, na época do assassinato, meu pai foi designado para o distrito Wallsend. O crime aconteceu na área de Whitley Bay, então ele não lidou com isso diretamente, mas todos sabiam do caso, e alguns dos detetives de Wallsend foram transferidos para tomar parte na investigação. Ele disse que falaram sobre isso durante meses.

– Você não mencionou o Stuart?

– É claro que não! Não sou idiota.

– Me desculpa.

– Meu pai disse que a polícia de Whitley Bay tinha certeza de que Simon Lister era o assassino. A absolvição deixou todos furiosos. Durante meses depois disso, ficaram de olho nele extraoficialmente, mas Simon nunca cometeu nenhum deslize. Quando foi assassinado, os policiais vibraram no pub que costumavam frequentar. Tinham que manter uma postura profissional, é claro, mas logo depois descobriram coisas assustadoras. Simon era um homem terrível, pelo que meu pai disse.

– Nunca resolveram o crime?

– Eles tentaram. Tinham de tentar. Estava em todos os jornais e tinha de parecer que estavam se esforçando. Investigaram dois dos jurados e os detetives principais do caso. Entrevistaram mais de cem pessoas. Simon Lister tinha vários inimigos, mas não acharam nenhuma prova. No final, um policial de Londres foi trazido para analisar o caso.

Rose bebia sua cerveja.

– Meu pai disse que o sentimento entre os detetives em geral era de que, quem quer que tivesse esfaqueado Simon Lister, merecia um prêmio, não uma sentença de prisão. Quem quer que tivesse feito isso salvara a vida de outra menina que Lister planejava sequestrar.

– Mas quem quer que tenha cometido o crime não sabia disso na época. Essa história só foi descoberta depois.

– Verdade, mas o mundo não é um lugar melhor sem um cara como o Lister?

Rose fez uma careta.

– Você não pode acreditar nisso. O assassino está certo?

– Talvez, neste caso, estivesse.

– Mas um assassinato *nunca* é certo.

Skeggsie deu de ombros. Rose já ia discutir com ele quando viu Rory Spenser entrar no salão. Ele parou à porta e olhou em volta. Quando deu de cara com Skeggsie, ficou olhando por um momento, impassível. Então abriu um sorriso frio. Rose não gostava nem um pouco dele.

– Era tudo o que eu precisava. Ele aqui bem na minha frente – disse Skeggsie.

– Só ignore – sugeriu ela.

– Tentei ignorá-lo quando estava na escola. Isso me deixou coberto de hematomas.

Rose não respondeu. Rory Spenser caminhou até uma máquina caça-níqueis e começou a jogar. Ela sentiu Skeggsie relaxar.

– O que você descobriu sobre a SUV? – perguntou Rose.

– Eddie encontrou uma ligação entre o carro e uma empresa chamada Beaufort Holdings. A sede deles é em Chelsea.

– Não muito longe de South Kensington – concluiu ela, pensando no restaurante que era de Lev Baranski.

– Vou dar uma olhada no site da Companies House para ver o que consigo descobrir sobre eles.

– Obrigada, Skeggs.

Nessa hora, Rory Spenser saiu do salão sem olhar para eles. Isso a fez se sentir melhor. Talvez ele fosse para outro pub. Ela passara por alguns no caminho até ali: música no último volume, os fumantes reunidos na calçada para se aquecerem.

– A que horas Josh disse que chegaria?

– Logo.

A conversa sobre o assassinato de Simon Lister a deixara desconfortável. Teriam que falar sobre aquilo novamente quando Joshua chegasse ali, ou com certeza no dia seguinte, na casa do Skeggsie, provavelmente durante a ceia de Natal. O pai de Skeggsie, sem dúvida, adoraria ter uma história para contar, sem saber do que haviam descoberto nas coisas do Stuart.

Rose bebeu a cerveja, sentindo o líquido frio efervescer em sua boca. Tirou o casaco e o pendurou sobre o banco. Tinha praticamente congelado do lado de fora, mas o bar estava quente e barulhento e a neve parecia muito distante.

– Acho que vou jogar dardos. Tem um garoto ali que conheço – disse Skeggsie.

– Pode ir. Eu guardo os lugares.

Quando Skeggsie se afastou, ela viu Martin entrar no salão. Ele olhou em volta por um minuto, então a viu e foi até ela.

– Tudo bem? – perguntou ele, sorrindo.

Rose fez que sim e deslizou no banco para que Martin pudesse sentar. Ele a olhou de cima a baixo.

– Você está bonita.

Martin usava uma camisa polo e uma calça jeans.

– Você também está bonito.

– Um cara não fica *bonito*. Só bacana, elegante ou estiloso.

– Aceite o elogio da forma como vier – disse ela.

– Você é uma garota difícil.

– Só direta. Você não está com frio?

– Estamos em Newcastle. Não usamos casacos no inverno – respondeu ele.

– Sério?

– Brincadeira. Meu casaco de lã está no outro bar com alguns de meus colegas.

A música ficou mais alta de repente.

– Você não apareceu naquela outra noite.

– Eu não disse que ia.

– Você partiu meu coração.

Ela sorriu e balançou a cabeça.

– Sabe o que acho? – disse ele no ouvido de Rose.

Ela balançou a cabeça.

– Acho que você está a fim de alguém.

Rose olhou bem nos olhos dele. Era assim tão fácil saber o que se passava com ela?

– Acho que seu *coração* está em outro lugar.

– Só porque não saí com você? Talvez não me sinta atraída por você.

– Você sabe como machucar um cara. Não, não pode ser isso. Toda garota fica atraída por mim.

– Deve ser sua modéstia que as conquista!

– Vejo você mais tarde – disse Martin, apertando a mão dela de forma amigável.

Rose olhou para o alvo à procura de Skeggsie e ficou surpresa ao ver Joshua de pé ao lado dele, olhando em sua direção. Ela levantou a mão, mas abaixou novamente porque o rosto dele estava impassível, ilegível. Joshua virou-se de costas e ficou conversando com Skeggsie, e ela sentiu como se ele a tivesse ignorado, como se estivesse irritado com ela por algum motivo. Ela devia se levantar e ir lá falar com ele, mas ficou com medo de perder os lugares. Tinha de ficar ali sentada, inquieta, enquanto Skeggsie e Joshua conversavam. Depois de alguns minutos, não pôde mais suportar aquilo. Levantou-se e atravessou a sala.

– O que houve? – perguntou ela.
– Joshua encontrou uma coisa.
– O quê? Por que não foi até lá me dizer?
– Achei que você parecia ocupada, Rosie – disse Joshua.
– Eu só estava conversando com...
– Você parecia estar se divertindo.
– E estava... Sinto muito. Devo andar por aí infeliz o tempo todo?
– Não importa. Olha, encontrei algo importante – contou Joshua. – Vou mostrar para o Skeggs lá fora. Venha se quiser.
– É claro que quero – garantiu ela.

Joshua e Skeggsie saíram em direção à porta dos fundos, onde ficava o jardim dos fumantes. Cansada, sem saber direito o que tinha feito de errado, Rose os seguiu.

XIV

A neve salpicava o ar noturno na área de fumantes. O pequeno pátio estava iluminado por luzes de Natal, presas de um canto a outro. No meio, havia um aquecedor de pátio. Várias pessoas se amontoavam em volta, os cigarros nas mãos enluvadas. Instantes depois de Rose sair, percebeu que deixara seu casaco na cadeira do bar. Ela começou a se virar para ir buscá-lo, mas Joshua parecia agitado.

– O que você encontrou? – perguntou ela, esfregando as mãos para aquecê-las.

Ele lhe entregou um envelope. Tinha alguma coisa escrita na frente e fora aberto.

– Encontrei isso dentro do testamento do meu tio.

– Você abriu?

– Era a única coisa que eu não tinha olhado.

Naquele momento, a porta do bar se abriu e Rory Spenser apareceu. Rose sentiu Joshua ficar tenso ao vê-lo. Os fumantes em volta do fogo pararam de falar e o chamaram. Rory Spenser tinha um cigarro na mão e um isqueiro que tentava acender sem sucesso.

– Olha quem está aqui. Skeggs e seu guarda-costas. Vocês sabem que esta é uma área para fumantes, certo? Para adultos, quero dizer.

Joshua xingou Rory. Uma chama pulou do isqueiro e Rory acendeu o cigarro. Inalou profundamente, depois soltou uma baforada de fumaça em direção a Skeggsie.

– Parece que você fica só nas palavras agora, Johnson. Londres amansou você?

– Dá um tempo, Spenser – disse Skeggsie, virando-se para ele.

Rory sorriu.

– Você encontrou sua coragem lá em Londres, *Darren*?

– Ele está me dando dor de cabeça – disse Skeggsie e virou-se de volta para Joshua.

– Vá fumar em outro lugar, Spenser – falou Joshua, postando-se à frente dele.

– Está tudo bem... – começou a dizer Skeggsie.

– Não quero você aqui – afirmou Joshua, andando até Rory Spenser.

– O que foi? Vai me bater? Como fez antes?

– Se for preciso.

– Não, Josh... Ele tem o direito de ficar aqui... – disse Skeggsie, puxando Joshua para longe de Rory.

– Faça o que ele diz, Joshua – debochou Rory, um sorriso no rosto.

Skeggsie se virou e olhou para Rory por alguns segundos. De repente, se jogou em direção a ele e empurrou-o, fazendo Rory cambalear para trás e cair contra a parede. Skeggsie ficou parado diante dele, e Rose podia ver seus punhos cerrados, como se esperasse o rapaz se levantar para acertá-lo. Os outros fumantes se juntaram em volta, esbarrando em Rose de um lado e de outro. Em seguida, a porta do pub se abriu e Martin apareceu. Ele olhou em volta e viu o que estava acontecendo. Empurrou Skeggsie para longe e disse aos outros fumantes para se afastarem. Em seguida, ajudou Rory a se levantar.

– Vem treinando em Londres, Darren? – debochou Rory, ainda sorrindo.
– Deixe-o em paz – disse Martin. – Volte para o bar.
Rory se limpou.
– Quero fumar!
– Vá fazer isso em outro lugar – disse Joshua.
Rory deu de ombros e manteve-se firme. Os outros fumantes voltaram para o aquecedor. Alguns saíram para a rua logo atrás. Martin parecia surpreso.
– Você deixou Rory tirá-lo do sério? – perguntou a Joshua.
– Ele é a escória. Era assim na escola e é assim agora. Não sei em que tipo de cruzada você acha que está, Marty, mas é uma perda de tempo. Ele é igual ao irmão.
– Você devia se acalmar, Josh – aconselhou Martin, pondo a mão no ombro de Joshua, a voz baixa e conciliadora.
Joshua se afastou para tirar a mão dele.
Rose olhou para Joshua com espanto. Andava tão *irritado* o tempo todo. Para ela, Joshua sempre parecera gentil e tranquilo, do tipo que não faria mal a uma mosca. Ali em Newcastle, ele era como um fogo de artifício aceso, pronto para explodir. Skeggsie estava ao lado dele, parecendo aborrecido, os ombros curvados.
– Você não pode continuar fazendo isso – sibilou Skeggsie. – Tem que me deixar enfrentar minhas próprias batalhas, cara!
– Então ótimo. Pode se virar! Pensei que estava ajudando.
– Você ajudou. De verdade. Mas precisa parar. Sou um homem agora. Você tem que me deixar fazer isso.
– Um *homem*, que piada – disse Rory.
– Cala a boca, Spenser! – gritou Martin. – O que eu lhe disse sobre essa sua boca grande?

– Tira esse cara da minha frente – disse Joshua.

Martin soltou o ar. Alguns dos outros fumantes levaram Rory de volta ao bar e Martin foi atrás. Rose os viu ir embora e sentiu os ombros relaxarem. Então se deu conta do envelope em sua mão que Joshua lhe dera. Tentou desamassá-lo, mas seus dedos tremiam de frio.

– Por que Rory odeia tanto você? – perguntou a Skeggsie.

– Meu pai prendeu o irmão dele anos atrás.

– Ah.

Os três estavam sozinhos no pátio. Parecia mais sombrio agora, as cores esmaecidas. A neve caía meio de lado. Para Rose, pareciam minúsculos grãos de gelo aguilhoando sua pele. Ela deu um passo para o lado na direção da porta. Seus dedos estavam tão gelados que doíam.

– Vou entrar. Estou congelando – disse Rose. – Vocês vêm?

– E quanto à carta? Você pode ao menos se dar ao trabalho de ler? – pediu Joshua, o rosto cheio de raiva.

– Por que você está tão furioso comigo? Com todo mundo?

– Leia.

Rose franziu a testa e olhou para o envelope. Estava escrito: *Para ser aberto apenas por Charles Jensen.*

– Quem é Charles Jensen?

– O advogado do Stu.

Ela tirou um papel que tinha sido dobrado ao meio, onde havia duas frases e uma assinatura.

Sou o único culpado pelo assassinato de Simon Lister.
Assumo inteira responsabilidade e não me arrependo.
Stuart Robert Johnson

Ela leu duas vezes para ter certeza do que estava escrito.

– Ah, não!

– O que faço com isso? – perguntou Joshua.

Rose passou para Skeggsie. Ele leu.

– Vocês estavam certos e eu, errado. Meu tio é um assassino.

– Não, aí não diz exatamente isso...

– Vão em frente, podem dizer: 'Eu te avisei!' Digam!

– Josh...

Rose estendeu a mão para ele.

– É véspera de Natal. Não podemos fazer nada sobre isso agora. Vamos lá para dentro onde está quente. Podemos pensar em tudo isso depois de amanhã.

Mas Joshua ainda estava transtornado.

– Você acha que posso simplesmente adiar a maneira como estou me sentindo, Rosie? Só arquivar isso e não pensar no assunto? O que vai acontecer quando eu estiver cara a cara com meu tio amanhã? O que digo a ele quando sei que escreveu isso? Depois de tudo o que perdi, parece que o perdi também. Ele não é a pessoa que eu achava que fosse...

– Isso vai se resolver... – disse Skeggsie.

– Como você sabe disso? Você não entende.

– O que você quer dizer com isso? – perguntou Skeggsie.

– Quero dizer que você nunca viveu o mesmo que eu e Rose.

– Por causa de seus pais?

Joshua assentiu.

– Perdi minha mãe quando eu tinha dez anos! – vociferou Skeggsie com raiva. – Ela não desapareceu. Só se deitou em uma cama e foi esvaecendo. Eu a vi assim todos os dias durante meses e, então, de repente, ela morreu.

Skeggsie estendeu o envelope para Joshua.

– Não quis dizer isso...

– Sim, você quis. Você não fala de outra coisa nos últimos meses. Você e ela. Seu pai, a mãe dela.

– Mas você ajudou...

– É claro que ajudei. Mas, às vezes, parece que vocês dois são as únicas pessoas no mundo que já sofreram uma perda. Vocês não são os únicos que têm o direito de sentir raiva do mundo.

Skeggsie foi para dentro do pub. A porta se fechou e então só ficaram os dois ali fora.

Joshua virou para Rose, os olhos embaçados.

– Eu devia ir para casa.

– Não, não vá – pediu ela, estendendo a mão para Josh.

– Eu estraguei tudo. Não posso ficar aqui.

Ele se virou-se e caminhou para longe das luzes festivas, rumo à escuridão da rua mais atrás.

Rose, o queixo tremendo de frio, foi deixada sozinha.

XV

Rose voltou ao pub e ficou ali por alguns minutos absorvendo o calor. O lugar estava lotado, e ela se obrigou a respirar lentamente enquanto as pessoas passavam, levando bandejas de bebidas. Olhou para a porta e se perguntou se Joshua tinha realmente ido para casa ou se poderia entrar de novo de repente e tudo ficaria bem. A briga, a sensação ruim, a carta escrita por Stuart – talvez aquelas coisas pudessem ser postas de lado por uma noite e eles ficariam juntos no calor do pub por algumas horas na véspera de Natal. Ela olhou em volta. Rory Spencer não estava no salão, mas Skeggsie sim; perto dos dardos, sozinho, observando algumas pessoas jogarem.

Rose foi até lá.

– Desculpe, Skeggs – disse ela. – Eu e Josh temos andado preocupados. Nem sempre conseguimos pensar com clareza.

– Não mesmo.

– Estão acontecendo muitas coisas ao mesmo tempo.

– Tem mais algum clichê a dizer, Rose?

Ela deixou o ar escapar por entre os dentes. Por que falar com Skeggsie era tão difícil?

– Tenho que ser sincera. Você nunca foi minha pessoa favorita...

– Está tentando me animar?

– Você é muito frio. Não tem habilidades sociais. O que estou tentando dizer é que, para ser honesta, nem sempre gosto muito de você. Mas sinto *carinho* por você.

– Isso não faz nenhum sentido – disse ele, uma expressão de deboche no rosto.

– Faz sim – continuou Rose, ignorando-o. – Pense a respeito. Em todo caso, o que importa? Josh é seu amigo de verdade. Você só me atura por causa dele. E você sabe que ele confia em você. Deus, ele nunca para de falar sobre você.

Skeggsie suspirou.

– Sei que ele está sempre lutando minhas batalhas.

– Ele precisa de você agora. Ele precisa de *nós dois* agora.

Skeggsie assentiu.

– Além de tudo o que está acontecendo, agora ainda tem essa história da confissão do tio dele.

– Eu sei.

– Como Josh pode viver com isso?

– Não sei.

– As coisas só pioram – desabafou Rose.

– Onde ele está agora?

– Ele foi para casa. Sabe que aborreceu você.

– Vou atrás dele.

– Você quer que eu vá?

Skeggsie balançou a cabeça.

– Preciso ter uma conversa com ele. Resolver essa coisa da briga de uma vez por todas. Depois eu o trago de volta aqui.

– Você vai falar sobre a carta?

– Hoje não. Foi uma novidade ruim para o Josh, mas, procurando ver a coisa de outra forma, é um avanço. Ele está muito chateado para perceber isso agora, mas é outro passo para descobrir o que aconteceu com seus pais.

Rose se sentiu mal com a menção de seus pais. Skeggsie estava certo. Aquele era o assunto principal deles. A vida dela e de Josh. Quase nunca falavam sobre a de Skeggsie. Talvez Joshua achasse que lutar as batalhas do amigo fosse tudo o que precisava fazer. As coisas tinham de mudar.

– Você entrou em contato com Eddie? – perguntou ela, levantando a voz para que ele pudesse ouvir.

– Por e-mail.

– O que ele vai fazer no Natal?

– Ele está na casa da irmã. Não se dá bem com os pais.

– Quando voltarmos a Londres, você podia falar para ele aparecer.

– Acho que não.

– Por quê?

– Ele e eu estamos envolvidos com animação e outras coisas. Não quero que seja sugado para o que Josh e eu fazemos.

– E eu? Não posso conhecê-lo?

– Só apresento meus amigos a pessoas que gostam de mim!

– Certo – disse ela, sorrindo discretamente da tentativa de piada de Skeggsie.

– É melhor eu resolver as coisas com o Josh. Você espera aqui?

Rose hesitou. Na verdade, não queria ficar mais no bar, mas sentiu que era melhor deixar Skeggsie falar com Joshua sozinho.

– Sim, me mande uma mensagem quando estiverem voltando e pego algumas bebidas.

– Está bem.

– Skeggs? – chamou ela, puxando-o pelo braço. – Sinto muito. Sobre sua mãe, quero dizer. Sei que você já tinha me contado que ela morreu, mas eu não tinha ideia de que tivesse sido um momento tão difícil para você. Nenhuma ideia mesmo.

– É, bem...

Skeggsie abriu um sorriso sem graça e se afastou, desviando das outras pessoas no bar. Rose se recostou na parede e pensou quanto tempo levaria para ele voltar até a casa de Joshua, conversar com ele e trazê-lo de volta ao bar. Trinta minutos? Estava mais para quarenta e cinco.

– Quer jogar dardos, querida? – perguntou alguém.

Ela se virou e viu um homem magro com uma jaqueta de couro. O bigode dele se curvava para cima nas pontas.

– Vamos lá – disse Rose e pegou três dardos com ele.

Após o jogo, Rose voltou até as cadeiras onde estivera sentada para pegar seu casaco. As meninas que ocupavam os lugares o entregaram à Rose, que o pendurou no braço. Agora estava com muito calor para usá-lo, mas não tinha onde deixar. Ficou sem saber o que fazer. O salão dos fundos estava mais cheio do que antes e Rose tinha de ficar se movendo de um lado para outro enquanto as pessoas passavam por ela. Até mesmo o jogo de dardos tinha fechado e a área se enchia de gente. Rose passou pela porta em direção ao bar principal, onde havia música tocando. O volume estava alto, e ela foi atingida por uma onda de som. Luzes piscavam no bar, e ela podia ver um DJ no minúsculo palco. Havia várias pessoas na pista de dança. Comprou uma cerveja e encontrou um canto para ficar. Pegou o telefone e viu que Skeggsie já tinha saído há mais de trinta minutos. Eles deviam estar de volta logo ou então, se Josh não fosse, Skeggsie lhe mandaria uma mensagem – tinha certeza que sim.

Martin a viu. Ele estava com um grupo de amigos, todos rindo e conversando. Rose olhou com mais atenção para ver se Rory Spenser estava lá, mas não estava. Ela deu uma olhada no resto do bar, mas não havia sinal dele. Martin seguiu em sua direção.

– Achei que você tinha ido embora – disse ele. – Venha ficar com a gente.

Ela balançou a cabeça.

– Você parece muito sozinha aqui.

– Josh e Skeggs estão vindo. Estou esperando por eles.

– Tem certeza? – perguntou ele, parecendo espantado.

Ela fez que sim.

– Josh está chateado comigo? Por causa do Rory?

– Não sei.

– Joshua e eu somos amigos há muito tempo. Nós vamos ficar bem.

– Ele só está chateado por causa do tio dele e umas outras coisas.

– É claro. Nós todos sabemos disso. Stuart é um cara muito legal. Bem, a gente se vê. Tenha um bom Natal.

Martin se virou e se afastou, e ela foi até a porta do bar esperar por Joshua e Skeggsie. Ali estava mais frio, então colocou o casaco. A música não estava tão alta, e Rose sentiu a tensão deixar o corpo.

A porta se abriu e Joshua entrou.

Os ombros de seu enorme casaco estavam salpicados de neve. Ela sorriu, feliz ao vê-lo, mas estranhando não ter recebido nenhuma mensagem. Será que Skeggsie simplesmente tinha se esquecido dela? Joshua se aproximou e segurou firme seu braço.

– Me desculpa, Rose. Fui um idiota. Não sei o que dizer. Sinto como se tudo estivesse...

– Está tudo bem. Também sinto muito. Eu e Skeggsie estávamos muito preocupados com você.

– Enfim, você estava certa, não há nada que possamos fazer sobre qualquer coisa agora. Vamos ter que conversar sobre isso amanhã, depois que voltarmos da ceia de Natal na casa do Skeggsie.

Rose sentiu o corpo relaxar. Ali estava o velho Joshua de novo.

– Vou pegar uma bebida – disse Joshua. – Você quer mais uma? Onde está o Skeggs? Jogando dardos?

– Não, ele foi buscar você. Achei que estivessem juntos. Ele disse que estava indo para sua casa. Isso há uma meia hora, quarenta minutos. Pensei que era por isso que você tinha vindo.

– Não, eu só me acalmei – contou Joshua, pegando o telefone. – Vou ligar para ele. Ver o que está fazendo.

– Vou pegar as bebidas.

Rose ficou no bar até um rapaz servi-la. Comprou duas cervejas e voltou para onde estava Joshua, que olhava para o celular.

– Não atende – disse ele, balançando a cabeça. – Talvez estivesse muito irritado comigo.

– Não, ele foi mesmo atrás de você. Estava bem. Eu o animei – garantiu Rose.

– Você o *animou*?

– Nós nos entendemos – disse ela, tomando sua cerveja direto da garrafa.

– Vamos dar mais uns dez minutos, depois mandamos uma equipe de resgate.

– Ele provavelmente vai aparecer a qualquer minuto.

Rose ficou ao lado de Joshua enquanto mais pessoas entravam no bar. Já não dava mais para ver do outro lado. Ela olhou para o celular e se perguntou se Skeggsie havia mudado de ideia. Será que tinha saído do bar, seguido em direção à casa de Joshua, e então depois começado a ficar irritado com o que acontecera aquela noite? Será que tinha ido para casa, talvez completamente de saco cheio dos dois? Um sentimento de culpa se instalou em sua mente. O que ela dissera? *Nem sempre gosto muito de você. Mas sinto* carinho *por você.* Por que havia colocado as coisas daquela forma? Ao pensar melhor agora, parecia uma coisa um tanto insensível a se dizer. Talvez Skeggsie estivesse meio cansado deles, e teriam de esperar até o dia seguinte, quando deveriam participar da ceia de Natal com ele e o pai, para ver se ainda eram amigos.

– Ele não atende o celular. Você acha que foi para casa?

– Não sei.

– Vamos dar um pulo lá. São só dez minutos de caminhada. Não quero deixar as coisas do jeito que estão.

– E se ele foi em casa buscar alguma coisa para *depois* ir à sua casa? Ele pode muito bem estar vindo para cá agora. Se formos na direção da casa dele, podemos não encontrá-lo.

– Bem pensado. Vamos para a casa dele passando pela minha. Assim não o perdemos.

Rose largou a garrafa e abriu as portas do pub. O ar frio a atingiu e ela fechou bem o casaco. Tinha começado a nevar novamente. Dava para ver à luz dos postes. Eles caminharam em silêncio e chegaram a um pequeno grupo de pessoas que conversava alegremente. Duas garotas estavam de braços dados, cantando juntas. Era uma canção de Natal de que Rose gostava. Atrás deles, notou o sem-teto que vira antes, caminhando em sua direção, com um exemplar da *Big Issue*. Sem dúvida ele tentava angariar algum dinheiro das pessoas que iam aos bares.

Eles saíram da Promenade para as ruas laterais. Passaram por uma lanchonete que vendia peixe e batata frita e sentiram o forte cheiro de fritura. De repente, Rose notou que estava com fome e também um pouco zonza. Tinha tomado pelo menos três cervejas, e com o estômago vazio. Não tinha sido o tipo de dia em que pensara muito em comida. Talvez pudesse fazer omeletes quando chegassem em casa.

Joshua olhou para o celular de novo, e ela havia ficado um pouco para trás. Estavam na parte mais escura da estrada, afastando-se cada vez mais do mar. Rose apressou o passo para alcançá-lo. Eles caminhavam ao longo de uma fileira de lojas, algumas fechadas com tábuas. Um ônibus passou do outro lado, a janela iluminada mostrando as pessoas em pé no corredor para descer em frente ao mar.

Quando o ônibus foi embora, a estrada ficou muito silenciosa.

Joshua deixou o telefone de lado.

Rose ouviu um barulho.

– Você está bem? – perguntou ele.

– O que é isso?

– O quê?

– Esse som.

Ela procurou prestar mais atenção, mas tudo o que podia ouvir eram gritos de um bar ou clube distante – vozes alegres. Quando silenciaram, ela continuou a andar e então ouviu de novo. Alguém chamando.

– Está vindo de lá – disse ela, puxando a manga de Joshua.

Havia um beco entre duas lojas. Ela se esforçou para ver na escuridão. Não havia nada em movimento.

– Provavelmente são só alguns bêbados.

Rose ouviu novamente. Uma voz.

– Não, escuta.

Ela olhou para o beco. Definitivamente vinha daquela direção.

– Lá – indicou ela.

– Rosie, devem ser só alguns jovens enchendo a cara ou fumando maconha. Ou quem sabe dando uns pegas.

– *Dando uns pegas?* Onde você aprendeu a falar assim?

Ela sentiu vontade de rir, mas então ouviu de novo. Dessa vez soou como um gemido. Rose deixou Joshua onde ele estava, se aproximou e parou no espaço entre as duas lojas. Estava muito escuro. Ela segurou o celular para iluminar um pouco.

– Quem está aí? – falou. – Está tudo bem?

Ouviu uma espécie de grasnado. Ela apertou o celular, que iluminou a área por uma fração de segundo e depois se apagou novamente.

– Tem alguém ali. Talvez esteja doente ou ferido.

– Rosie. Vários garotos costumam passar um tempo aí. Eu passava. Não se envolva...

– Como você pode não se envolver se alguém está ferido? Não se pode simplesmente ir embora.

Joshua bufou, passou por ela e entrou no beco.

– Tem alguém aí? – gritou ele.

Ouviram um som, mas era baixo, parecendo um chiado.

– O que foi? – disse Rose.

Joshua deu mais alguns passos. A escuridão o engoliu.

– Ah, meu Deus.

– O que houve?

– Ah, não.

Ela foi atrás de Joshua no beco. Seu pé acertou alguma coisa e então ouviu o som de algum animal correndo.

– O que aconteceu? – perguntou ela, tentando enxergar no escuro.

Joshua estava ajoelhado no chão, se curvando.

– Skeggs.

– O quê? Skeggsie? Ele está bem? O que aconteceu?

– Skeggs, amigo, onde você está machucado?

– O que está acontecendo? Eu não consigo ver nada.

– Você se meteu em uma briga? Skeggs, o que aconteceu com você?

Rose ficou muito quieta, tentando ver por cima do ombro de Joshua. Ela apertou os botões do telefone e captou um vislumbre do rosto de Skeggsie. A cabeça dele estava caída no chão e parecia que tinha perdido a consciência.

– Chame uma ambulância – disse Joshua, a voz embargada. – Chame uma ambulância.

– Certo – disse Rose. – Não consigo ver aqui. Vou ali na rua. Diga a Skeggs que não vão demorar.

A rua estava deserta quando Rose teclou o número da emergência. O telefone tocou algumas vezes e ela bateu os pés, impaciente, o tempo todo pensando em Skeggsie e no que acontecera. O rosto de Rory Spenser lhe veio à cabeça. Quando ela falou com a atendente, foi cuidadosa, enunciando bem as palavras e explicando o que achava que tinha acontecido.

– Meu amigo está ferido. Acho que se envolveu em uma briga. Ele desmaiou. Estamos na Jesmond Road perto de algumas lojas e um beco. Estamos a cinco minutos de caminhada da beira-mar.

A voz da mulher era calma, pedindo detalhes.

– Não sei quanto ele está ferido – falou Rose. – Meu outro amigo está com ele agora. Ele pode ter uma concussão ou alguma coisa parecida, porque não está se movendo.

A mulher continuou a fazer perguntas.

– Não tenho certeza. O beco está escuro, então não consegui ver direito – disse Rose. – Meu amigo está com ele. Em quanto tempo você acha que chegam aqui?

A mulher continuou falando, mas Rose deixou de ouvir.

Seus olhos estavam fixos em Joshua, que tinha saído do beco. Ele estava sozinho.

– Josh? – chamou ela.

Ele estava devastado. Parou sob a luz da rua, e Rose pôde ver um círculo escuro em seu casaco. Era uma mancha que tinha se espalhado pelo meio, crua e feia. Quando Rose percebeu o que era, sentiu um nó na garganta. Ouviu, meio distante, uma sirene e depois uma gargalhada em um bar ou clube ali perto.

Suas mãos desabaram para o lado do corpo, uma delas com o telefone.

– Skeggsie está... – disse ela estupidamente.

Joshua balançou a cabeça.

O sangue parecia oleoso, como se pudesse se espalhar ainda mais. Joshua cruzou os braços sobre a mancha como se pudesse estancá-la. Uma luz azul piscou quando a ambulância dobrou a esquina e seguiu em direção a eles.

XVI

Rose estava sentada no Setor de Emergência. Ela observava o que acontecia ali em uma espécie de transe. As pessoas chegavam sozinhas, aos pares, às vezes em grupo, às vezes acompanhadas por um oficial de polícia. Passavam andando, mancando ou tropeçando por uma árvore de Natal gigante, que brilhava com seu pisca-pisca. Embaixo, havia várias caixas muito bem embrulhadas, como uma ilha metálica. Elas eram recebidas por enfermeiras com enfeites nas golas. Havia sorrisos por toda parte e pessoas desejando "Feliz Natal". Ao fundo, Rose pensou que podia ouvir uma música ambiente: *Paz na Terra pede o sino alegre a cantar.*

Ela olhava para aquelas coisas como se estivesse assistindo a um filme.

Só então Bob Skeggs entrou e passou correndo pela sala de espera. Ele atravessou depressa e entrou em um elevador, bem quando as portas estavam se fechando. Ela mal percebeu quem era antes de ele sumir. Ao lado dela, Joshua continuava impassível, curvado para a frente no banco, os cotovelos nos joelhos, olhando para o chão. Estava ao alcance dela, mas era como se estivesse do outro lado da sala de espera. Ele não tinha notado Bob Skeggs. Talvez tivesse sido melhor assim.

Skeggsie se fora.

Aquilo era sombrio e pesado e a fazia respirar rápida e superficialmente. Ela olhou de lado para Joshua. Os ombros dele estavam curvados com a enormidade do que acontecera. Seu casaco estava pesado com o sangue de Skeggsie. Seus olhos estavam fechados, como se só quisesse a escuridão. Ele estava em um mundo só seu.

– Você acha que os médicos poderiam tê-lo ajudado? – sussurrou Rose.

– Rosie, isso não adianta nada – disse Joshua. – Ele está...

A palavra que ele não diria. *Morto. Das cinzas às cinzas, do pó ao pó.* Ela queria ser religiosa. Sentia falta de uma oração, uma espécie de mantra que poderia dizer para conter o terrível pânico em seu peito. Estendeu a mão para o lado em direção a Joshua. Tocou o casaco dele e então sentiu a mão dele sobre a sua. A pele dele estava fria e seca. Ela podia ouvir uma canção familiar vindo das caixas de som: *Noite feliz, noite feliz...*

Lá em cima, em uma enfermaria, estava o tio de Joshua. No dia seguinte, eles deviam ir visitá-lo e comemorar o Natal na casa de Skeggsie. Mas Rose sabia que essas coisas não aconteceriam porque o mundo deles tinha se despedaçado.

Mais cedo, no beco, fora um drama quando os paramédicos chegaram. Joshua dissera que Skeggsie estava morto, mas ainda assim eles entraram em ação como se ele não tivesse falado nada. Pediram a Joshua e Rose para se afastarem, para que tivessem espaço para trabalhar. Começaram a tentar ressuscitá-lo. Diziam algumas palavras baixas, que Rose mal podia ouvir. Eles o chamavam de Darren porque Joshua tinha lhes dado o nome completo do amigo. Rose queria gritar: *Ele gosta de ser chamado de Skeggsie*, como se essa fosse a única razão para ele não estar respondendo.

Um policial chegou em um carro com sirene. Quando ele desceu, o veículo saiu depressa para outro lugar. Parecia tão jovem quanto eles e, embora usasse luvas, estava com as mãos cerradas em razão do frio. O policial se aproximou e perguntou o que tinha acontecido. Rose tentou explicar que ouvira um barulho vindo do beco. Naquele momento, os paramédicos saíram de lá, levando Skeggsie em uma maca para a ambulância.

Aquilo deu à Rose um minuto de esperança. Eles não iriam levá-lo para o hospital se não achassem que poderiam salvá-lo, não é mesmo? O policial foi até eles e conversou rapidamente. Ao voltar, balançou a cabeça e disse:

– As coisas não estão nada boas.

Joshua queria ir na ambulância, mas os paramédicos lhe disseram para segui-los depois. O jovem policial apontou para a empresa de táxi mais para a frente na rua. Atendeu o celular e começou a conversar com alguém. Andou para longe dos dois, a voz sombria. Rose já ia para a empresa de táxi quando Joshua se afastou dela e voltou para o beco. O policial estava de costas para ele e não notou. Rose se perguntou o que Joshua estava fazendo. Bateu o pé no chão, sabendo que a ambulância estava cada vez mais longe.

Joshua reapareceu, vindo rapidamente em sua direção. Estava com as mãos nos bolsos e só então o policial olhou em volta. Rose o seguiu até a empresa de táxi. Havia pessoas esperando do lado de fora, fumando. Joshua foi até o balcão e encontrou uma senhora de idade, com um cabelo vermelho amarrado em um nó e brincos de árvore de Natal.

– Meu amigo foi atacado e levado para o hospital. Ele está... Sei que há uma fila, mas precisamos chegar lá rapidamente – disse Joshua, mantendo a voz firme.

– Eric acabou de chegar, querido. O Ford branco lá fora. Vou rezar por ele.

Eles entraram no táxi e, enquanto o carro saía depressa, Joshua tirou algo do bolso. Rose olhou para as mãos dele.

Os óculos de Skeggsie. Ele os apanhara no beco.

Eles deixaram o hospital pouco depois das três da manhã. Pegaram um ônibus noturno para fazer parte do caminho de volta e depois andaram o restante. As ruas estavam silenciosas. Fazia muito frio. Saía uma fumacinha quando Rose respirava, e ela podia ouvir seus pés esmagando a neve na calçada. Estava escuro como breu, não se via a lua no céu, e os postes de luz emitiam um brilho alaranjado no alto. O silêncio era quebrado de vez em quando por uma risada distante, um grito irritado ou um carro acelerando em uma rua próxima.

Já dentro de casa, Joshua seguiu para as escadas, ignorando Poppy, que pulava sem parar. Rose o viu desaparecer em seu quarto e fechar a porta. Ela não sabia o que fazer. Não tinha energia para ir atrás dele porque não havia nada que pudesse dizer. Poppy corria em volta e Rose foi se arrastando até a porta de trás para deixá-la sair para o jardim. Olhou em volta. A cozinha estava uma bagunça e havia uma nova garrafa de uísque aberta, já um pouco bebida. Quando a cadela voltou, Rose foi para a sala de estar. Estava fria, o aquecimento já tendo sido desligado há horas. Seu edredom ainda estava lá desde que o trouxera naquela manhã. Sem tirar o casaco, ela se sentou no sofá e pôs os pés para cima. Cobriu-se com o edredom e se deitou, a cachorra no tapete ao seu lado.

Quando acordou, já era dia, e Joshua olhava para ela.

– Acorda, Rosie.

Ela se sentou rapidamente. Sentia o corpo todo duro de dormir no sofá, e o casaco estava retorcido embaixo dela. Olhou para o relógio. Já passava das dez. Tinha dormido por horas. Ainda assim, estava tonta como se só tivesse cochilado. A noite anterior voltou à Rose de repente e ela abraçou o edredom.

– Vou voltar ao beco – contou Joshua.

Ele ainda usava o casaco manchado. O sangue estava da cor de ferrugem, mais escuro no meio, como uma ferida – um reflexo de Skeggsie.

– Eu vou – disse ela, desviando os olhos. Se forçou a levantar e recolheu o edredom. – Me dê cinco minutos.

Rose correu para o andar de cima, usou o banheiro e jogou água no rosto. Antes de sair de lá, se olhou no espelho. Havia círculos escuros sob os olhos onde a maquiagem da noite anterior tinha manchado e escorrido. Ela usou um lenço de papel para limpar. Depois passou a mão pelos cabelos e desceu. Joshua estava de pé junto à porta da frente, balançando as chaves. Eles saíram de casa em direção a uma manhã fria e cinzenta de Natal. Quando chegaram ao beco, havia carros de polícia estacionados em ângulos na frente e fitas de cena do crime presas de poste a poste.

Rose estava de braços cruzados. Joshua tinha enfiado as mãos nos bolsos e puxava bem a frente do casaco, fazendo com que o tecido embolado cobrisse a mancha. Os dedos de Rose estavam gelados. Ela olhou para todos os lados. Casas e lojas, carros estacionados e lixeiras, tudo completamente normal.

Mas Skeggsie fora atacado e deixado à beira da morte em um beco daquela rua.

Ela baixou os olhos. Encarou fixamente as pedras cinza da calçada e sentiu as lágrimas se acumularem novamente. Pegou um bolinho de papel higiênico do bolso e enxugou os olhos, deixando escapar um soluço.

A polícia entrava e saía, com ar sério e prático. Um carro parou, estacionando em fila dupla ao lado de um dos carros de patrulha. O motorista desceu, e o pai de Skeggsie saiu pelo lado do passageiro. Joshua ficou tenso e deu um passo à frente. Mas não havia para onde ir – eles estavam colados à fita da cena do crime. Os dois homens entraram no beco.

Eles esperaram.

Outras pessoas apareceram e logo começou um burburinho quando souberam o que tinha acontecido.

– Um garoto foi esfaqueado ontem à noite!

– Será que teve algo a ver com drogas?

– Provavelmente.

– Ou com uma garota.

– Sim, talvez tenha sido por causa de alguma garota.

Rose virou-se para Joshua. Ele olhava para a frente, o rosto sério, como se não pudesse ouvir uma palavra.

O pai de Skeggsie saiu do beco, viu os dois e foi até eles. Joshua cruzou os braços, escondendo a mancha de sangue.

– Joshua, rapaz, não sei o que dizer... Ou pensar... Eu...

– Nós o encontramos – contou Joshua, a voz trêmula. – Fizemos tudo o que podíamos.

– Eu sei que sim. Os policiais me disseram. Não posso acreditar no que aconteceu. Meu Darren, meu menino. – Bob parou. – Ele não era do tipo que se metia em brigas.

– Não. Ele nunca teria começado nada.

– Você era um bom amigo, Joshua. Não pense que não sei o que você fez...

– Não, *ele* foi um bom amigo para mim quando precisei. O melhor.

Bob Skeggs olhou em volta. Seus olhos brilhavam. Rose desviou o rosto. Ele pigarreou e se afastou dos dois.

– Tenho que ir agora. Há procedimentos a serem seguidos e talvez eu fique incomunicável hoje, mas depois entro em contato com vocês.

Rose baixou os olhos e pensou em suas palavras para Skeggsie na noite anterior. *Para ser honesta, nem sempre gosto muito de você.*

– Eles lhe disseram alguma coisa? Sobre como isso aconteceu? – perguntou Joshua.

– Não muito. Ainda é cedo demais, rapaz. Cedo demais para tirar conclusões.

– Ligo para você amanhã – prometeu Joshua.

Bob saiu em direção ao carro que o levara até ali e, em poucos minutos, foi embora. Rose viu o jovem policial, aquele que aparecera ali na noite anterior. Ele foi até os dois.

– Sinto muito pelo seu amigo – disse ele.

Rose abriu um sorriso trêmulo.

– Vocês conseguiram alguma informação? A polícia descobriu o que aconteceu?

– A apuração está em andamento. Nós montamos um setor de investigação...

Rose parou de ouvir porque a expressão de Joshua mudou. Ela se virou, seguindo seu olhar. Um grupo de jovens caminhava na direção deles. Rose podia ver Martin e alguns outros, além de Rory Spenser, que vinha atrás.

– Mas vou lhes contar uma coisa – disse o policial, baixando a voz. – Encontramos a arma do crime.

Joshua olhou para ele.

– Uma faca?

– Sim. Está com os cientistas forenses.

Joshua parecia pálido. Ficou olhando para o nada e, em seguida, pareceu assustado ao ver os outros vindo na direção deles. Martin foi o primeiro a alcançá-los.

– Josh, amigo. Não posso acreditar nisso.

Os outros chegaram logo depois. Rose viu que Rory ficou para trás, a alguns metros de distância, e começou a mexer na fita da cena do crime. Joshua não pareceu reconhecer Martin. Ele franziu a testa para Rose.

– Só ouvimos falar do que houve esta manhã. Não ficamos sabendo de nada na noite passada. Uma hora atrás, meu amigo Roger me mandou uma mensagem. O pai dele é porteiro lá no hospital.

Rose balançou a cabeça, a boca seca demais para falar. Martin estendeu a mão para Joshua, mas, em seguida, a recolheu. Joshua não parava de olhar para Rory Spenser, que estava de costas para eles. Ouviram um toque de celular. Era uma música pop, alta e estridente, que fez todos, até mesmo o policial, se virarem. Era o telefone de Rory. Ele atendeu a ligação, a voz tão casual quanto se estivesse na fila do supermercado e não em frente a uma cena de crime.

– Ah, oi! – disse. – O que você manda?

Joshua ficou tenso, o maxilar rígido.

– Josh – chamou Martin, dando um passo em direção a ele.

Mas Joshua já tinha disparado, o casaco grande voando. Correu até Rory Spenser e pulou em suas costas, atirando-o para a frente, com o rosto no chão. Ouviram um grunhido e o telefone de Rory escapou de sua mão e derrapou pela rua. Rose ficou chocada. Joshua socava a cabeça de Rory.

– Ei! – gritou o policial.

Martin e um dos outros correram até lá e seguraram os braços de Joshua e o arrastaram para longe. Rory se levantou com dificuldade e recuou, segurando o queixo e pegando o telefone enquanto andava.

Joshua se soltou, cambaleando. O policial foi até Rory e falou em voz baixa. Rory deu de ombros e saiu. O policial voltou até Joshua.

– Não quero prender você, colega. Posso ver que está atordoado. Vá para casa agora. Acalme-se.

Joshua olhou para Martin.

– Ele foi esfaqueado, Marty.

– Amigo, sinto muito. Não sei o que dizer.

– Sei que Spenser teve algo a ver com isso.

Martin começou a balançar a cabeça.

– Diga a ele para ficar esperto porque, quando tiver certeza absoluta, vou atrás dele. E então ele vai pagar pelo que fez.

Martin não respondeu. Olhou para o casaco do amigo. Joshua baixou os olhos, focando-os na mancha, como se a estivesse vendo pela primeira vez. Aquilo pareceu horrorizá-lo. Ele soltou os botões e arrancou o casaco, em seguida, o embolou, atirou-o no chão e foi embora.

– Ele perdeu a cabeça – disse Martin em voz baixa. – Rory não faria isso de jeito nenhum. De jeito nenhum.

Martin chamou os amigos e eles seguiram na direção em que Rory tinha saído momentos antes. Rose olhou para o casaco de Joshua no chão. Ela se abaixou, pegou-o e depois foi para casa atrás dele.

XVII

Rose colocou o casaco de Joshua em uma cadeira na cozinha.

Aflita, olhou em volta. A mesa estava coberta de coisas que não tinham sido arrumadas nos dias anteriores: xícaras, copos, pratos e papéis. Junto à porta estava a vasilha da Poppy, ainda com um pouco de comida. Sua tigela de água estava quase vazia, com algo boiando lá dentro. Isso revirou um pouco o estômago de Rose. A pia estava cheia de pratos sujos, e o leite fora esquecido fora da geladeira.

Rose foi para a sala de estar. Seu edredom estava no sofá e havia algumas roupas dela na poltrona. Olhou para a lareira e viu copos ali em cima, de duas noites atrás. O lugar cheirava a mofo, e ela achou restos de torrada em um prato no alto da TV.

Como as coisas tinham ficado daquele jeito?

Ouviu o barulho de Joshua se movimentando no andar de cima. Ela ficou quieta e prestou atenção. A porta bateu quando ele entrou no quarto do tio. Em seguida, ela ouviu o som de coisas sendo jogadas no chão, uma após a outra. Rose se encolhia quando batiam no piso acima dela.

Ela subiu as escadas correndo.

– Josh? – chamou.

Rose abriu a porta.

Ele estava de pé no meio do quarto. Todas as gavetas da escrivaninha tinham sido puxadas e caído no chão. As gavetas do arquivo tinham sido escancaradas e parecia que suas pastas tinham sido reviradas e jogadas longe.

– Vá embora, Rose – disse Joshua, sem olhar para ela. – Preciso ficar sozinho.

– O que você está fazendo?

– Vá embora.

– Não posso.

– VÁ EMBORA, ROSE! – gritou para ela.

Rose ficou onde estava. Ele a fuzilou com os olhos por alguns segundos e depois pareceu recuar. Sua voz estava anormalmente calma quando ele falou:

– Estou me livrando de tudo isso. Todas essas coisas, toda essa bobagem que tomou conta de minha cabeça nos últimos dias. Desde que ouvi que Stu chamou o nome do meu pai, fiquei obcecado com isso.

– É compreensível...

– Não pensei em mais nada.

– Eu sei...

– E você sabe por quê?

– Você estava tentando descobrir o que aconteceu com Stu no penhasco.

– Não. Eu estava tentando dar um jeito de voltar para os cadernos. Este acidente, meu tio cair do penhasco, não era o suficiente para eu me concentrar. Pensei que estava tentando descobrir o que aconteceu, mas, no momento em que ouvi o nome do meu pai, no segundo em que vi uma razão para voltar ao desaparecimento de meu pai e da Kathy, eu me concentrei nisso. Virei a casa de cabeça para baixo. Não conseguia pensar em mais nada.

– Você pensou que isso poderia lhe dar uma pista sobre o que aconteceu com Stuart.

– Não, Rose. Não pensei. No minuto em que achei que poderia parar de pensar no que aconteceu no penhasco, eu deixei para lá. Assim como quando fui para Londres em setembro e nunca voltei para passar um fim de semana. Nem uma vez. Stu deve ter pensado...

Joshua se apoiou na gaveta estendida do arquivo.

– Josh, isso tem sido tão difícil para você...

– Simplesmente o deixei para trás. Ele se importava comigo... Pelo menos eu achava que sim. Pensei que o conhecia, mas...

Rose se aproximou. Ela pôs a mão no ombro dele, que estava quente. Ele fugiu da mão dela.

– Nada que você diga pode mudar a maneira como agi. Stu foi meu pai por cinco anos, mas isso não era suficiente para mim. Eu queria meu pai verdadeiro. Você se lembra dele? O cara que forjou seu próprio desaparecimento, o que me deixou sozinho.

– Josh.

Ele tremia todo, o queixo vibrando. Rose deu um passo até Joshua e o puxou para longe do arquivo. Passou os braços ao redor dele e o abraçou com força, mas o corpo dele estava rígido, os músculos das costas, tensos. Era como se estivesse paralisado.

– Josh, Josh – sussurrou ela, de maneira tranquilizadora.

– Mas isso não é o pior – disse ele, se soltando dela, passando por cima das coisas caídas no chão e saindo do quarto. – Eu arrastei o Skeggs para isso tudo.

Rose o seguiu. Joshua entrou no quarto dele e sentou na cama, as pernas afastadas, os cotovelos nos joelhos, olhando para o chão, como fizera no hospital na noite anterior. Ela se apoiou na porta. Já o vira aborrecido antes, mas agora havia uma espécie de histeria em suas palavras. Depois de alguns segundos, ele falou de novo, a voz embargada de emoção:

– Eu trouxe o Skeggsie para o meio disso. Não que ele não estivesse disposto a ajudar, mas fiz disso uma grande parte de sua vida. Eu me apoiei completamente nele e nem uma vez recuei e me perguntei se não seria melhor ele seguir em frente. Ele tinha um colega novo na faculdade... Eddie? Você o ouviu falar dele?

Rose fez que sim.

– Algumas vezes, eu sabia que ele ia fazer algum trabalho ou se encontrar com o Eddie e falava: *Ah, esta noite, não, Skeggs, achei que poderíamos trabalhar nos cadernos.* Eu o puxava para trás. Gostava de saber a opinião dele, de *contar* as coisas para ele.

– Ele também gostava.

– Eu sei. Tínhamos uma espécie de acordo implícito. Éramos como irmãos sem grau de parentesco, mas estávamos ligados por algumas coisas. Ele era meu...

Joshua tremeu e Rose deu um passo adiante, mas ele estendeu a mão para detê-la.

– Eu vacilei – disse em meio às lágrimas. – Viemos para cá e eu sabia que Skeggs tinha problemas com algumas pessoas, mas eu estava tão envolvido com tudo isso, estava tão ocupado...

– Ele *insistiu* em ser envolvido.

– Desde que chegamos aqui tem sido Stu isso, Stu aquilo, e então de volta aos cadernos, de volta à velha obsessão.

E quando alguém decidiu acertar antigas contas com o Skeggs, eu não vi. Estava ocupado demais.

– Não é culpa sua.

– A culpa é minha, Rose. Você não entende. Eu cuido do Skeggs. – Ele se levantou e começou a andar de uma lado para outro. – Não em Londres... Lá, ele está seguro. Mas quando está aqui ninguém toca nele. Todo mundo sabe. Qualquer coisa que aconteça com ele, as pessoas têm que se ver comigo, tem sido assim há anos.

Rose se lembrou da noite anterior na área de fumantes. Skeggsie dissera a Joshua na hora: *Tem que me deixar enfrentar minhas próprias batalhas, cara!*

– Vou descobrir quem fez isso – disse ele, caminhando até a parede e batendo com a lateral do punho. – Não vou descansar até descobrir.

Rose foi atrás dele, pôs as mãos em seus cotovelos e o levou de volta para a cama.

– Você está exausto. Não vai conseguir pensar nisso até ter descansado.

Ele se deixou ser guiado e sentou na cama. Em seguida, pareceu se abater e se apoiou nela.

– Deite-se.

Ele obedeceu. Rose tirou as botas dele e depois o cobriu com o edredom.

– Tente dormir, apenas por algumas horas.

Joshua agarrou a mão dela.

– Não me deixe, Rosie...

Ela franziu a testa e olhou para ele. Parecia tão perdido, tão esgotado. Rose tirou as próprias botas e o suéter e se deitou ao lado dele. Virou-se de lado, e ele ficou colado às suas costas.

Joshua a abraçou e ela o sentiu beijar seu cabelo. Rose puxou o edredom para cima e os dois ficaram ali, presos juntos.

Em algum lugar distante, ela pensou ouvir sinos de igreja e se lembrou, antes de pegar no sono, que era Natal.

Quando Rose acordou, estava escuro. Ela sentia calor, o edredom cobrindo-a até o nariz. Percebeu, então, que estava sozinha. Joshua tinha se levantado. Rose se virou e todo o horror voltou até ela. Skeggsie estava morto. Ela levantou os joelhos e abraçou o corpo. Há poucos dias, estava convencida de que as coisas não tinham como piorar. Como poderia saber que eles ainda tinham lugares mais escuros para ir?

Pensou na noite anterior. Tinha sido uma confusão, todos aborrecidos. Skeggsie estava tenso, principalmente quando Rory Spenser entrou no bar. Joshua chegou nervoso com a descoberta da carta do tio para o advogado. Em seguida, houvera aquela cena terrível na área de fumantes. Joshua enfurecido com Rory Spenser, a briga com Skeggsie que dissera: *Às vezes, parece que vocês dois são as únicas pessoas no mundo que já sofreram uma perda.* Skeggsie sempre apoiara Joshua. Ele ficara feliz em deixar de lado a própria vida para se dedicar à busca deles. Mas, ao fazer isso, sua vida tinha sido negligenciada.

Depois de toda a discussão e briga e sentimentos feridos, ele tinha saído do bar para buscar Joshua e levá-lo de volta. Tinha deixado para trás o barulho, as luzes e a atmosfera de embriaguez em direção à noite fria. Ele seguira para a casa de Joshua, sem dúvida desviando de pessoas que comemoravam a véspera de Natal. Saíra da Promenade e, de alguma forma, fora atraído para o beco entre as lojas.

Rose fechou os olhos com força.

Ela e Joshua conheciam a perda, mas aquilo era diferente. Skeggsie estivera tão próximo, tão perto. Ela o vira momentos antes do que acontecera. Parecia que poderia ter estendido a mão e o impedido. Talvez ela pudesse ter dito: *Eu vou também. Vamos andando juntos.* Ou pudesse ter convencido Skeggsie a dar um tempo a Joshua. *Vamos jogar dardos um pouco*, ela poderia ter dito. *Josh vai aparecer.* E ele apareceu mesmo. A raiva de Joshua diminuíra e ele voltara ao bar.

A porta se abriu e a luz entrou no quarto.

– Rose – sussurrou Joshua. – Liguei para o hospital e deixei uma mensagem para meu tio. Só disse que houve um acidente.

– Melhor assim.

– Agora vou levar a Poppy para dar uma volta.

– Espere por mim – pediu ela. – Eu quero ir.

Rose saiu meio zonza da cama quente, pegou o casaco e as botas e foi tropeçando para o banheiro. Lavou o rosto pela segunda vez naquele dia. Passou os dedos pelo cabelo e desceu. Joshua esperava junto à porta da frente. Ele usava a jaqueta que tinha comprado de presente de Natal para o tio. Ela se assustou quando viu. Isso a fez pensar em seu outro casaco coberto de sangue.

– Que horas são? – perguntou ela.

– Cinco.

Parecia mais tarde. Rose vestiu o casaco e Joshua estendeu um cachecol para ela enrolar no pescoço. Ele abriu a porta da frente. Um véu de neve entrou flutuando no ar; ela fechou o casaco e saiu. O ar frio a acordou e ela andou rapidamente para acompanhar Joshua. Ele puxou Poppy, segurando sua guia com uma das mãos. Com a outra, pegou a mão dela e enfiou-a no bolso da jaqueta. Rose segurava a mão dele com força.

Eles seguiram em frente, chegando ao beco, agora deserto, apenas a fita da cena do crime balançando ao vento. Joshua soltou a mão dela e caminhou até o espaço entre as lojas. Ela o seguiu. Poppy fazia força na guia para continuar andando. Nenhum deles falou por alguns instantes.

– Eu decidi que, a partir de agora, vou passar cada minuto tentando descobrir o que aconteceu com Skeggs – acabou dizendo Joshua.

Ela assentiu.

– Meu tio, os cadernos, vou deixar tudo isso de lado. Não vou pensar em mais nada até descobrir o responsável.

– Vou ajudá-lo.

– Eu sabia, Rosie – disse Joshua, apertando a mão dela.

– Vamos fazer isso juntos.

Joshua virou-se para ela, os olhos escuros. Levou uma das mãos ao rosto dela e tocou sua pele.

– Não vou descansar enquanto não souber quem fez isso.

– Eu sei – disse ela, pegando a mão dele e beijando.

Josh a puxou para junto de seu corpo e a abraçou, seus braços envolvendo as costas dela com a força de um torniquete.

– Devo isso a ele – completou Joshua, contendo um soluço.

– Nós dois devemos – concordou Rose.

XVIII

No dia seguinte ao Natal, Rose e Joshua foram chamados à delegacia para dar declarações à polícia. Eles ficaram lá a maior parte da manhã. Quando voltaram para casa, levaram Poppy para dar uma volta. À tarde, Joshua dormiu no sofá, os pés pendurados para fora. Rose o cobriu com o único edredom da cama dela e, em seguida, foi para a cozinha e ligou para Anna, para lhe contar o que tinha acontecido. Sua avó ficou chocada e perguntou à Rose se queria que ela fosse até Newcastle. Rose recusou gentilmente a oferta. Sua avó parecia perplexa com a notícia, e, depois da ligação, Rose se perguntou o que ela devia pensar da neta. Depois de voltar do colégio interno seis meses atrás, parecia haver uma sequência de mortes violentas associadas a ela. Anna ficava perturbada com aqueles acontecimentos; seu mundo seguro, sua música, seus amigos, seu trabalho de caridade, sua casa em Belsize Park, nada era tão sólido agora. Rose parecia *atrair* a morte. Isso a fazia se sentir responsável, de alguma forma, como se sua presença fizesse algo de ruim acontecer.

Agora havia mortes que vinham do passado. O Caso Borboleta. Judy Greaves, uma menina de dez anos de idade, assassinada e deixada em uma sala cheia de molduras com borboletas. Essas coisas pairavam nos pensamentos de Rose como pesadas nuvens escuras.

À tarde, Joshua foi ao hospital. Ele perguntou se Rose se importava que fosse sozinho. Tinham perdido a visita no dia de Natal. Joshua queria conversar sobre o que acontecera a Skeggsie com o tio. Quando a porta se fechou depois que ele saiu, Rose se sentiu ligeiramente aliviada. Pensar em ver Stuart Johnson depois de tudo o que acontecera a estava deixando um pouco nervosa. A confissão de que assassinara Simon Lister não saía de sua mente, e ela se perguntava se conseguiria agir normalmente na frente dele; como se Stuart fosse apenas um tio legal de Joshua que nunca conhecera, não aquele homem sobre o qual andava pensando e falando há dias.

Quando Joshua voltou, contou a ela como seu tio estava e como tinha ficado chocado com a notícia da morte de Skeggsie. Rose fez algumas outras perguntas, mas Joshua parecia cansado e desanimado. A energia com que começara o dia havia desaparecido. Mais tarde, já à noite, ele trouxe a garrafa de uísque para seu lado e toda hora enchia o copo. Rose o observava com apreensão.

– Amanhã a gente começa – disse Joshua, as palavras arrastadas.

Ele foi para a cama antes dela. Rose deixou Poppy sair para o jardim e depois também subiu. Hesitou ao passar pela porta dele. No Natal, eles tinham dormido juntos por horas, mas na noite anterior cada um tinha ido para o próprio quarto. Era como se nada tivesse acontecido. Ela estendeu a mão para a maçaneta da porta dele.

Por que não entrar?

Por que não se deitar ao lado dele? Abraçá-lo com força?

Mas acabou seguindo para o pequeno quarto e para sua cama de solteiro.

Ela dormia profundamente e estava meio confusa e com a boca seca quando acordou na manhã seguinte. Joshua, ao que parecia, tinha se levantado havia muito tempo. A meia garrafa de uísque não tivera muito efeito sobre ele. Tomara banho, trocara de roupa e dissera a ela que começaria a cuidar das coisas. Joshua estava agitado e parecia ter a cabeça no lugar, e Rose se sentiu um pouco distante dele, como se a proximidade dos dois dias anteriores não fosse necessária agora que estavam *cuidando das coisas*.

– Vamos limpar a casa. Preciso arrumar o quarto do meu tio para quando ele chegar em casa.

– O hospital disse quando?

– Em dois dias. E Rosie, eu decidi, quando Stu chegar em casa não vou falar nada sobre o Caso Borboleta. Vou guardar todas as coisas e vai ser como se eu nunca tivesse encontrado nada.

– Você consegue fazer isso?

– Por enquanto. Temos de nos concentrar completamente no Skeggsie. E, mesmo depois disso, ainda tenho que entender o que tudo isso tem a ver com meu pai e a Kathy. Mas não posso fazer isso agora. *Nós* não podemos fazer isso agora. Então não quero deixar Stu descobrir que sei qualquer coisa.

Ela deu de ombros, concordando.

– Bob Skeggs vai vir aqui mais tarde para nos contar como anda a investigação.

Joshua trabalhou no andar de cima e Rose cuidou dos cômodos de baixo. Ela começou com a cozinha e encheu vários sacos de lixo. Depois parou um pouco e decidiu limpar os armários. Tirou as canecas e os pratos, limpando o armário por dentro, e guardou-os de novo em algum tipo de ordem. A sala de estar não demorou muito. Ela pegou o aspirador de pó, moveu os móveis e depois fez a limpeza.

Em seguida, foi para o jardim, para limpar a sujeira da cachorra.

Poppy pulava em volta dela, achando que era uma brincadeira.

Quando entrou, parou um pouco. Pensou em descansar, mas imediatamente sentiu o peso de tudo pressionando suas têmporas. Se parasse, começaria a pensar de novo. Arrumou outras coisas para fazer. O armário embaixo da escada estava uma bagunça. Ela tirou os casacos e arrumou-os nos cabides. Lutou com o aspirador de pó, apontando o bocal para os cantos do armário, e se deparou com um par de botas de caminhada que estavam cobertas de lama. Rose as levou para o tanque e começou a limpar a sujeira. Era um trabalho repetitivo, enfiar uma faca nos buracos da sola e tirar a lama. Ela queria ter um monte de botas assim para limpar.

Era um trabalho mecânico que preenchia o tempo, e cada meia hora que passava os levava para mais longe dos acontecimentos da véspera de Natal. Por volta das duas ela fez algumas torradas e as levou para Joshua. Ele estava no quarto olhando para o laptop. Pegou a torrada e mordiscou os cantos. Ela ficou sem jeito, achando impossível começar qualquer conversa. Joshua olhava para ela, mas Rose sabia que não a *via*. Seus olhos estavam em outro lugar, talvez ainda naquele beco escuro.

Logo depois, Bob Skeggs chegou.

Rose segurou Poppy quando ele entrou. Estava pálido e só usava um paletó e uma calça, mesmo estando muito frio. Além disso, não parava de dizer:

– Obrigado pelo que vocês fizeram pelo Darren.

Rose estava muito emocionada e tinha medo de não conseguir se conter se dissesse uma palavra sequer, então só balançou a cabeça e deu um tapinha no ombro dele. Joshua desceu as escadas de dois em dois degraus. Os dois foram para a sala de estar, e, quando a porta se fechou, o corredor parecia mais quente, como se tivesse levado o frio com ele.

Ela ficou ali por um momento e ouviu o murmúrio de suas vozes. Estava feliz com o barulho da conversa. Era tão melhor do que o silêncio absoluto daquela manhã.

Rose subiu a escada. Joshua tinha sido cuidadoso com a limpeza. Ela deu uma olhada no escritório de Stuart e viu que todas as gavetas estavam de volta ao lugar. Sentou-se à mesa, abriu cada uma delas e viu pilhas de pastas com coisas escritas à canetinha. Ao que parecia, tudo tinha sido distribuído em pastas com etiquetas de identificação novas. Joshua tinha organizado a vida de Stuart: *Contas, Salário, Sindicato, Carros clássicos, Extratos bancários, Dívidas.*

Quando Bob Skeggs foi embora, Rose desceu. Ela encontrou Joshua sentado na sala de estar. Na mesa de centro havia umas chaves de carro e o laptop do Skeggsie.

– Como está o pai dele? – perguntou.

Joshua deu de ombros.

– Bob quer que eu use o Mini. E cuide do apartamento. Por enquanto.

Joshua estendeu a mão, pegou as chaves de Skeggsie e as apertou com força, como se alguém pudesse querer tirá-las dele. Rose viu as veias na parte de trás das mãos dele saltarem, e os músculos de seu braço tensionarem. Joshua se levantou e guardou as chaves no bolso.

– Por que ele trouxe o laptop?

– Ele quer que eu entre em contato com os professores e amigos do Skeggsie. Que conte a eles o que aconteceu. Mas não acho bom fazer isso agora. Quantos deles vão querer receber um e-mail desses durante o feriado?

– E o caso? A polícia fez algum progresso?

O que ela quisera dizer era: *Encontraram o assassino?*

– Eles fizeram várias pesquisas de porta em porta e entrevistaram pessoas no pub, principalmente aquelas que estavam na área de fumantes. Rory Spenser e Martin foram chamados para prestar um depoimento formal hoje à tarde.

– Já fizeram bastante coisa.

– O filho de um ex-inspetor de polícia. Fazem tudo para descobrir o assassino quando o caso envolve um deles.

Aquelas palavras soaram familiares a Rose. Skeggsie lhe dissera a mesma coisa alguns meses antes, quando o conhecera. O status de uma vítima de assassinato era muito relevante. O filho de um policial era importante; um garoto ou garota que só tem um dos pais nem tanto. Ninguém jamais admitiria isso, mas era verdade.

– Não há nada que possamos fazer até todos esses depoimentos serem prestados. Devíamos sair e comprar comida. Não tem mais nada na cozinha.

Joshua dirigiu o Mini. Ele seguiu até um shopping e estacionou. Quando desceu do carro, parecia perdido, sem saber direito aonde ir.

– Tem uma mercearia ali. – Rose apontou. – Podemos ir lá comprar comida.

Ele deu um passo, mas depois parou.

– Acho que não consigo...

Joshua parecia um pouco enjoado.

– Posso encontrar alguém que conheço e não estou a fim de falar com ninguém.

– Você fica no carro. Eu faço as compras.

Rose o deixou lá e entrou no shopping vivamente iluminado. Comprou os mantimentos que achou que precisavam. Quando chegou ao caixa, viu que não tinha comprado nenhuma fruta nem legume, só pão e queijo, bacon e frango, pizza e ovos. Franziu a testa. Era tarde demais para voltar. De qualquer forma, comida era a última coisa na mente deles naquele momento. Ao sair, passou pela banca de jornal e se assustou com as manchetes: Filho de inspetor de polícia assassinado; Esfaqueamento no Natal; Criminalidade juvenil – mais um esfaqueamento; Filho de policial é morto.

O assassinato tinha chegado aos jornais de alcance nacional. Isso a surpreendera. As outras mortes em que se envolvera mal tinham aparecido no jornal local. De repente, pensou em Eddie, em Londres. O novo amigo de Skeggsie. Será que ele já sabia sobre sua morte?

Rose entrou de novo no shopping e parou momentaneamente para transferir as sacolas de uma das mãos para a outra. Um casal que tinha saído de uma loja de produtos para bebês chamou a sua atenção. Estavam de braços dados, e o homem carregava algumas sacolas da loja. Ele falava e sorria, e a mulher balançava a cabeça, seu rabo de cavalo subindo e descendo. Rose acompanhou enquanto os dois saíam. Eram familiares, mas ela não conseguia lembrar onde os vira antes.

De repente percebeu quem eles eram. Greg Tyler e sua esposa, Susie. A ex-namorada de Stuart e o marido. Rose andou atrás deles até o estacionamento. Greg estava com o braço em volta dos ombros da esposa. Vistos de trás, pareciam um casal de jovens apaixonados. Não era assim que Susie descrevera seu relacionamento com o marido quando fora falar com Joshua na sexta à noite.

Rose se afastou deles e seguiu para onde o Mini estava estacionado.

– Martin acabou de me mandar uma mensagem – contou Joshua quando ela chegou ao carro. – Quer que eu vá até lá vê-lo. Disse que tem algumas informações.

Ela acomodou a comida na parte de trás do carro e depois entrou.

– Você está bem? – perguntou ele.

Rose fez que sim. Enquanto iam embora, ela viu Susie e Greg Tyler saindo a pé do estacionamento e se afastando do shopping center. Havia uma alegria nos passos de Greg, as sacolas da loja de bebê balançando em sua mão. Rose procurou se lembrar da noite em que Susie aparecera para falar com Joshua. Ela não dissera que os dois não podiam ter filhos? Essa não tinha sido uma das razões para se afastarem?

Rose deu de ombros. Talvez Susie estivesse comprando um presente para uma amiga.

– No que você está pensando? – perguntou Joshua. – No Skeggsie?

Rose fez que sim. Era mais fácil do que tentar explicar.

XIX

Dez minutos depois eles estavam na porta da casa do Martin.

– Como você está? – perguntou a Joshua.

Joshua resmungou.

Ele e Rose o seguiram até a cozinha, onde a temperatura estava bem agradável.

– Meus pais não estão em casa. Vocês querem beber alguma coisa quente?

Joshua fez que não. Rose também.

– Sentem-se, pelo menos.

Joshua puxou uma cadeira e sentou na beirada, os joelhos se projetando em um ângulo estranho, de forma que Rose teve de passar por cima dos pés dele para se sentar. Martin ficou em pé, de costas para a geladeira. Rose notou que havia ímãs de palavras grudados à porta. Centenas de palavras, algumas em linhas, outras em grupos aleatórios. Ela teve de desviar os olhos para evitar lê-las.

– Acabei de prestar meu depoimento à polícia. Eu e Rory fomos juntos e eu queria contar a vocês o que ele me disse. Sei que você acha que Rory matou o Skeggs, mas ele não fez isso. Ele foi embora depois da briga nos fundos do bar que você participou, Josh. Saiu sozinho e disse que ficou com Michelle Hinds. Eles foram ao Beer Hut, aquele pub no cais que costumava ser o Fisherman's Rest. O irmão dele estava lá com alguns colegas. Ficaram lá até meia-noite, depois ele foi para a casa do George Knightly. A maioria das pessoas foi parar nessa festa. Todos nós o vimos chegar por volta de meia-noite e meia. Ele estava com a Michelle no pub, e, depois, os dois foram para a casa do George. Rory não estava sozinho. Não poderia ter feito nada.

– Michelle Hinds? – perguntou Joshua.

– Sim. Eles vivem ficando.

– Ela está *com* ele?

– Não pra valer. Eles são amigos e às vezes...

– Com *Rory*?

– Você sabe como é a Michelle – disse Martin, os olhos correndo em direção à Rose e voltando para Joshua. – Você ficou com ela uma ou duas vezes, se eu bem me lembro. Ele disse que encontrou a Michelle quando saiu do Farol, e ela deu o braço a ele enquanto caminhavam até o Beer Hut.

– Então só temos a palavra de Michelle Hinds.

– Por que ela mentiria?

Joshua suspirou.

– Em todo caso, a polícia vai checar outras pessoas no pub. E tem o irmão do Rory.

– Que mentiria por ele!

– Pergunte à Michelle. Ela ainda mora com a irmã em Petty's Lane.

Joshua se levantou. Martin continuou a falar:

– Rory mudou. Não me entenda mal... Ele ainda é um completo idiota, mas só fala muito e não faz nada. Ele só faz isso para manter a fama.

– Mas por que ele não deixava Skeggs em paz?

– Porque ninguém mais por aqui o leva a sério. Quando Skeggs voltou, Rory sentiu que tinha alguém para provocar. Mas não o esfaquearia. Ele não faria isso.

– Quando o irmão dele saiu da prisão?

– Alguns meses atrás. Olha, eu lhe disse, Rory tem frequentado meu antigo clube de boxe. Está tentando ser alguém na vida. Ele fala muito, mas é só.

– Onde está o Rory agora?

– Ele voltou para a casa da mãe. Você não deveria ir até lá, Josh. Não do jeito como está agora. Vá procurar a Michelle. Fale com ela.

Rose olhou para os dois. Eles estavam a alguns passos de distância. Na sexta à noite, no pub, tinham se abraçado, felizes por se encontrarem novamente. Agora havia uma barreira entre eles.

– Está tudo bem, Rose? – perguntou Martin.

Ela fez que sim e abriu um discreto sorriso. Ele não tinha feito nada de errado, só se envolvido na briga de outras pessoas.

Martin ficou parado à porta de casa enquanto eles iam embora. Rose levantou a mão para acenar.

– De onde você conhece a Michelle?

– Da escola das garotas. Ela namorou um garoto da nossa escola, depois outro, depois outro. Nunca ficava sozinha.

– Ficou até com você?

– Passei algum tempo com ela. Vários garotos passaram.

Rose sentiu uma pontada de tristeza. Não gostava de pensar que Joshua pudesse ser como outro garoto qualquer. Não o imaginava como um adolescente suado no banco de trás de um carro tentando subir a mão pela blusa de uma menina. Não que ela já tivesse tido uma experiência dessas, mas tinha ouvido algumas garotas de seu internato falarem sobre isso. Seu silêncio parecia pesado com as coisas que ela queria dizer, perguntar, mas aquele não era o momento certo.

Eles pararam em uma rua com várias casas pequenas. Luzes de Natal pendiam de calhas, que brilhavam na escuridão. Uma porta se abriu e Michelle apareceu. Parecia pronta para sair, o mesmo penteado e maquiagem que Rose vira no pub na última noite de sexta. Ela usava uma blusa justa, calça jeans e sapatos de salto alto.

– Martin me mandou uma mensagem falando que você estava vindo – disse ela, a voz alta e confiante. – Eu poderia dar um tempo agora. Que tal uma volta?

– Entra aí – disse Josh.

Michelle entrou em casa e saiu com um casaco e uma bolsa. Rose levantou o banco do passageiro para ela poder se sentar atrás. Quando o carro saiu, Rose sentiu um cheiro forte de perfume.

– Acho que não posso fumar, não é? – perguntou Michelle.

– Não.

– Não posso fumar aqui, não posso fumar ali, não dá para fumar em lugar nenhum.

– Aonde você quer ir?

– Vamos a Cullercoats. No velho café. Ninguém se importa que eu fume por lá.

Eles seguiram em silêncio e, em poucos minutos, pararam em um estacionamento não muito longe de onde ela e Joshua tinham levado Poppy para passear no dia anterior à véspera de Natal. Desceram do carro, Michelle saindo tranquilamente do banco traseiro e seguindo em frente, o cigarro na mão. Foram para o café fechado com tábuas. A área externa era parcialmente protegida por um toldo com paredes de tijolos de cada lado e dava vista para o Mar do Norte. Havia bancos e mesas, todos presos ao chão, alguns ao ar livre, mas a maioria coberta. O lugar parecia ser usado sempre: havia latas de cerveja amassadas jogadas no canto e pontas de cigarro por toda parte.

– Ouvi falar sobre seu tio. Foi horrível. E agora isso. Seu amigo. Que período difícil para você, Josh.

– É.

Ficaram em silêncio, e Rose se sentiu um pouco desconfortável. Esperava que Joshua falasse alguma coisa, mas ele não disse nada. Parecia constrangido.

– A propósito, meu nome é Rose – disse ela.

– Vi você no pub naquela noite. Você não é daqui.

– Moro em Londres – contou Rose olhando em volta do café abandonado. – Está fechado para o inverno?

– Está fechado há uns dois anos – respondeu Michelle, sentando em um banco e acendendo o cigarro. – Alguém disse que tem um novo dono, então acho que, em breve, vamos ter que encontrar outro lugar.

– Vocês não podem ir a um pub ou algo assim? – perguntou Joshua. – Não têm mais catorze anos.

– Pelo que me lembro, você gostava de vir aqui. Principalmente quando estávamos só nós dois, Josh.

Joshua fez uma careta. Rose desviou o olhar. Michelle estava tragando o cigarro.

– Véspera de Natal. Você estava com o Rory no Fisherman's Rest? – perguntou Joshua.

– Agora se chama Beer Hut. É um lugar bonito e estiloso.

– A que horas você esteve com ele?

Michelle exalou, soprando a fumaça para o lado.

– Sinto muito sobre seu amigo. Não cheguei a conhecê-lo. Darren, era esse o nome dele?

Joshua assentiu.

– Ele estava em Londres, não é? Na universidade?

Michelle pronunciou a última palavra destacando as sílabas: u-ni-ver-si-da-de. Como se fosse outro mundo.

– A que horas você o encontrou?

– Para que tanta pressa, Josh? Você não tem tempo para falar comigo? Nem um tempinho para jogar conversa fora.

– Meu melhor amigo está morto. Não estou com a menor vontade de jogar conversa fora.

– É claro que não. Eu entendo. Mas isso não é de agora, não é mesmo? Você era um garoto bom, educado, doce, se pudesse conseguir alguma coisa em troca. Assim que teve o que queria, não tinha mais tempo para jogar conversa fora com a Michelle. Passava por mim na rua. Não tinha tempo nem de falar oi. Por que isso?

– Não sei o que você quer dizer. Esse não é o momento de falar sobre *isso*...

– Nunca vai haver tempo de falar sobre isso. De que importam meus sentimentos? O orgulho ferido de uma garota não é a mesma coisa, eu sei. Mas aconteceu mesmo assim.

– E Rory Spenser é diferente? – perguntou Joshua com raiva.

– Rory é um amigo. Às vezes é um pouco mais que isso. Eu o vi em frente ao Farol na véspera de Natal, e ele estava chateado, com raiva, então eu disse: *Venha ao Fisherman's Rest comigo*, e ele foi. Vimos seu irmão Sean por lá. Ele nos pagou uma bebida e, então, saiu. Depois da meia-noite, fomos à casa do Georgie Knightley. Não sei a que horas chegamos. Uma meia hora mais tarde. Isso é tudo o que tenho a dizer.

Michelle se levantou e jogou a guimba do cigarro longe.

– Seu problema, Jo-shu-a, é que você se acha muito importante. Você vai para o ensino médio, faz as provas, entra para a u-ni-ver-si-da-de e acha que é melhor que todo mundo. Você pode saber mais, pode falar com um sotaque bonito, mas me lembro bem de quando você e eu ficávamos sentados aqui nas noites de verão, olhando o mar. Naquela época, você não era melhor do que eu. Naquela época, era doce e gentil. Você pode pensar que o que fizemos aqui não significou nada para mim, mas está errado. Pode acreditar nos outros meninos de sua escola que disseram ter feito o mesmo, mas só fiquei aqui com quem eu realmente gostava e tudo o que eu esperava era que, quando me vissem ou passassem por mim na rua, falassem oi e parassem para jogar conversa fora. Agora eu vou embora. Não se preocupe em me dar uma carona de volta. Eu vou a pé.

Ela saiu andando para longe do café. Joshua parecia atordoado. Rose olhou para ele, irritada. Depois correu atrás de Michelle.

– Espera – gritou. – Espera, Michelle!

Michelle se virou, o cabelo voando para trás com o vento.

– Joshua está muito triste agora. É por isso que ele está sendo... Ele está tão chateado com o que aconteceu com Skeggsie que não consegue pensar direito.

– Mas você não entende, Rose. Ele sempre foi assim comigo. Desde que... – Michelle fez um gesto em direção ao café.

– Ele era só um garoto na época. Agora está diferente.

– E como ele mal falou comigo no bar, na sexta à noite? Por que me ignorou então?

– Não sei. Talvez porque esteja envergonhado pela forma como agiu. É a única coisa em que consigo pensar. O Josh que conheço é o oposto do que você está descrevendo. Só posso pensar que seja vergonha.

Joshua alcançou as duas.

– Sinto muito, Michelle.

Michelle abriu um sorriso.

– Sério? – perguntou ela.

– Fui um completo idiota.

– Então, da próxima vez que me vir no bar, vai me dar um oi?

– Vou lhe pagar uma cerveja e vamos conversar.

Michelle olhou para ele. Era difícil saber se não ficaria chateada.

– Está bem. Combinado.

– Você quer uma carona?

– Não. Estou indo para o hotel Royal. Entro no trabalho às seis. Faço estágio como recepcionista!

Eles começaram a caminhar em direção ao carro. Michelle continuou a falar:

– Eu e o Rory ficamos juntos desde umas onze horas até por volta das duas, quando saímos da festa do Georgie. Mas vou dizer uma coisa. Ele estava chateado. Estava furioso com você, Josh, não tanto com o outro garoto, o Darren. Ele não parava de falar de você com o irmão. Sean ficou irritado. E saiu logo depois.

– Sean?

– Rory não é mais violento. Não acho que ele esfaquearia seu amigo. Mas talvez *Sean*.

Eles chegaram ao carro.

– Você tem certeza de que não quer uma carona para casa?

– Não, estou pegando uns trabalhos extras à noite no Royal esta semana. Nessa época de Natal boa parte dos funcionários está fora. É um dinheiro a mais para mim, então não me importo. Vejo você depois. E você, Rose. Obrigada pela conversa. Ah, e você não vai achar Sean Spenser em casa. Rory me disse que ele não aparece lá desde a véspera de Natal. É o que acontece com o Sean. Às vezes, eles não o veem por semanas.

– Obrigado.

Michelle saiu e acenou. Rose não pôde deixar de rir para a garota franca e impetuosa. Olhou para Joshua, mas viu que ele já tinha entrado no carro e estava dando a partida.

Rose entrou, e eles foram embora.

XX

Joshua ligou para Bob Skeggs assim que chegaram em casa. Sua voz soava rápida e contundente. Rose pôde ouvir pedaços da conversa e se sentiu cansada com tudo aquilo.

– Ele saiu do Farol às onze... Rory Spenser com Michelle Hinds... Sean Spencer não foi visto desde... Fisherman's Rest, que agora se chama Beer Hut... O corpo de Skeggsie foi encontrado às 11h45... Festa na casa de George Knightley...

Rose foi para a cozinha e guardou as compras. Em cima da mesa estava o laptop do Skeggsie. Ela ligou e inseriu a senha dele. Subiu para pegar seu laptop e colocou-o ao lado do de Skeggsie. As duas máquinas iniciaram, uma um pouco depois da outra. Depois de alguns instantes, percebeu que Joshua estava de pé atrás dela. Ele parecia agitado, contido, como se precisasse *fazer* alguma coisa. Rose não sabia o que dizer a ele. Joshua falou primeiro:

– Bob recebeu algumas informações sobre a autópsia e sobre as pesquisas dos cientistas forenses. Eu disse que ia até lá dar uma olhada. Você pode vir se quiser.

– Não, vou ficar aqui para mandar essas mensagens.

– Obrigado, Rose. Agradeço o que você está fazendo.

Ela se virou para sorrir, mas Joshua já tinha ido embora. Segundos depois, ouviu a porta bater. Parecia que ele não podia esperar para sair. Ela voltou para o computador. A primeira coisa que queria fazer era escrever para o Eddie. Enviaria a mensagem do laptop *dela*. Não queria que Eddie, ou qualquer um dos professores da faculdade, recebesse um e-mail do laptop do Skeggsie. Tentou começar várias vezes:

Caro Eddie, você não me conhece, mas sou amiga do Skeggsie...

Caro Eddie, estou escrevendo como uma amiga muito próxima de Darren Skeggs...

Eddie, meu nome é Rose Smith, e eu conhecia bem o Skeggsie e estava com ele na noite em que morreu...

Quando finalmente conseguiu escrever o e-mail, clicou em *Enviar* e depois se recostou.

Aos poucos, sentiu o corpo relaxar, os ombros mais soltos, a respiração mais tranquila. Ficar com Joshua o dia inteiro a deixara tensa. Tinha sido um dia cheio. Arrumar a casa, encontrar Bob Skeggs, ir ao shopping, ir à casa do Martin e depois falar com Michelle. Um dia de emoções à flor da pele; Joshua sempre exaltado, e Rose tentando suavizar as coisas, querendo tornar tudo mais fácil, não mais difícil.

Mas sempre seria mais difícil para Joshua porque Skeggsie era seu amigo. Ela só conhecera Skeggsie por causa de Joshua. Não tinha os mesmos sentimentos profundos que ele. Estava chateada, é claro. A forma brutal como morrera a deixara chocada e indignada, mas ela acabaria superando. Joshua nunca esqueceria.

Rose foi preparar algo para beber. Ficou muito quieta enquanto a chaleira fervia, ouvindo o silêncio da casa. Poppy estava deitada junto à porta dos fundos, o nariz apontado para o jardim. A cadela tinha uma maneira de comunicar às pessoas o que queria fazer. Rose se lembrou do cachorro que tinha visto na SUV prateada. No dia em que se sentara no banco coberto na praia, vira a mulher com o cachorro andando da porta do hotel Royal para o carro.

A SUV prateada que era da Beaufort Holdings.

Essa era uma das coisas que tinham deixado em suspenso, enquanto a morte de Skeggsie estava sendo investigada.

Poppy gania impaciente. Rose foi até lá e abriu a porta para deixá-la sair. Fazia menos frio agora, a neve e o gelo tinham ido embora sem que ela percebesse. A água fervia na chaleira, que se desligou. O clique soou alto na cozinha silenciosa. Ela colocou a água em uma caneca e acrescentou uma gota de leite. Ficou bem quieta, aproveitando a calma do lugar. O olho do furacão. Joshua tinha levado todo o estresse e a preocupação com ele. Estaria de volta logo e então começaria tudo de novo.

Depois que tomou seu chá, ela se acomodou e olhou o histórico de e-mails de Skeggsie nas últimas semanas. Em seguida, enviou mensagens a cada uma das pessoas com quem ele mantinha um contato regular, contando-lhes o que tinha acontecido. A maioria das pessoas, ela pensou, já devia saber, já que a notícia tinha saído nos jornais de alcance nacional, mas ainda assim deu alguns detalhes e disse algumas coisas sobre como o curso de Skeggsie era importante para ele. Também disse o quanto sua família e amigos sentiriam sua falta. Neste ponto, parou, a emoção tomando conta dela. Sentou-se bem quieta por alguns segundos, controlando os sentimentos, e então terminou os e-mails.

Rose se recostou na cadeira.

Não esperava nenhuma resposta, mas ainda assim, em sua caixa de entrada, havia uma mensagem de Eddie:

Cara Rose, muito obrigado pelo e-mail. Eu já sabia, claro, tinha visto a notícia nos jornais. Não pude acreditar. Eu não conhecia Skeggsie há muito tempo, mas pensava nele como um amigo e gostava de seu estilo. Ele era um animador brilhante. Que desperdício sem sentido. Eddie.

Rose fechou o laptop. Tinha mandado todas as mensagens que achava que devia. Olhou para a tela do laptop de Skeggsie. Entre suas pastas de e-mails, havia uma de Eddie. Ela clicou ali. Era uma longa lista. Não tinha intenção de ver nenhuma mensagem particular do Skeggsie, só estava interessada nas duas últimas. A linha de assunto indicava aquelas que queria ver. As duas tinham a placa da SUV: *GT50 DNT*.

Ela clicou na mais antiga, enviada no domingo, depois que contara a Skeggsie sobre o carro.

Oi, Skeggs, como estão as coisas aí no norte frio? Você consegue entender o sotaque? :-(

Rose riu. O e-mail seguia nessa linha bem-humorada, e então, no final, havia uma referência à placa.

Estou com as suas chaves, amanhã vou até o apartamento para dar uma olhada no programa que você falou (mais uma de suas engenhocas de invasão de sistemas – você deveria vendê-lo no mercado negro. Faria uma fortuna). Assim que eu inserir os dados, vou deixá-lo fazendo a busca. Estou acreditando em sua palavra de que não é rastreável (pelo menos não até mim!). Confio em você. No dia seguinte, volto lá para olhar. Se descobrir alguma coisa, eu falo. Ed :-)

Eddie tinha as chaves do apartamento de Skeggsie. Isso surpreendeu Rose. Skeggsie era tão paranoico em relação ao apartamento. Quando ela o conhecera, ele insistia para que as portas fossem trancadas e destrancadas toda vez que alguém entrava e saía.

Recentemente, andava menos desconfiado.

Ela ficou quieta, pensando na ironia de tudo aquilo. Skeggsie tinha feito um amigo além de Joshua. Tinha lhe dado as chaves do seu apartamento, confiado em Eddie para entrar lá sem estar em casa. Tinha passado a querer lutar suas próprias batalhas, pedindo a Joshua para ficar fora disso. Então alguém simplesmente arrancara toda aquela confiança recém-adquirida dele.

Rose viu o e-mail de Eddie do dia seguinte:

Skeggs, verifiquei o computador. Consegui informações sobre sua SUV misteriosa. Está registrada no nome de uma empresa chamada Beaufort Holdings Ltd., segue o link aqui. Parece acima de qualquer suspeita, mas é melhor você avaliar. O programa se desligou depois da busca, então não deve dar em mais nada. Estou na casa da minha irmã para o almoço de Natal, mas trouxe meu telefone, então, se quiser mais alguma coisa, é só ligar. Ed :-)

Rose clicou no link. Havia fotos de casas de campo com portões de ferro e câmeras de circuito interno.

Beaufort Holdings é uma conceituada empresa de segurança que oferece proteção à propriedade no local e serviços de segurança prestado por pessoas. Com trabalhos principalmente no leste da Inglaterra, temos experiência com todas as soluções de segurança eletrônica. Prestamos serviço para diversos clientes exigentes. Fornecemos sistemas de segurança de comprovada qualidade para condomínios fechados e sistemas planejados especificamente para proprietários de residências. Nosso negócio tem um grande foco em serviço e parceria.

Rose examinou as páginas do site. Era um exemplo após outro de alarmes contra roubos, equipamentos de circuito interno, sistemas eletrônicos de alarme, além de seguranças musculosos e bem-vestidos. Ela clicou na página "Sobre a empresa". Havia uma mensagem em forma de carta, com fonte em itálico:

Caro chefe de família, a Beaufort Holdings tem por objetivo deixá-lo tranquilo em relação à questão da segurança de seu lar. Cada casa e cada proprietário são únicos. Nossas soluções de segurança são pessoais e diferenciadas.

Depois aparecia uma assinatura elaborada, e o nome escrito de forma clara embaixo:
Margaret Spicer, Diretora Executiva.

Era um toque feminino interessante para uma empresa essencialmente masculina. Rose viu que a sede ficava em Chelsea – Brechin Place, SW7.

Fechou o site. Estava na hora de tirar a SUV prateada da cabeça. Joshua já havia feito isso. Tinha tirado tudo, fora Skeggsie, de sua cabeça. Ela abriu a porta de trás e chamou Poppy. A cadela veio correndo pelo jardim e saltou para a cozinha. Rose lhe deu um pouco de comida de uma lata.

Depois subiu as escadas e preparou um banho. Precisava descansar e seu cabelo não era lavado havia dias. Não tinha ideia da hora que Joshua voltaria, mas queria aproveitar ao máximo o silêncio e a tranquilidade da casa. Pôs o telefone para carregar e viu que tinha algumas mensagens de Anna. Leu todas e mandou uma breve resposta dizendo que estavam bem.

Em seguida, foi para o banheiro.

Rose estava na cozinha, lavando alguns pratos, quando Joshua voltou e parou do outro lado do cômodo. Ela notou que o casaco dele estava desfiando na parte de baixo.

– A polícia está procurando Sean Spenser – contou ele.

Rose assentiu, secando as mãos.

– Bob também me contou algumas coisas sobre o ataque – continuou ele lentamente.

Rose olhou para Joshua, sentindo que ele ia dizer algo terrível.

– Skeggsie foi roubado. Ele estava sem o telefone e a carteira.

Ela esperou. O que mais ele tinha a dizer?

– E ele perdeu muito sangue. Muito.

Rose se lembrou do casaco de Joshua, a mancha de sangue que parecia tomar conta do tecido.

– O que significa que não morreu de imediato. Ele pode ter ficado consciente por um tempo.

– Como eles sabem disso?

– Se a vítima morre, o coração para, então não há muito sangue. Mas se a vítima está *viva*, o coração continua bombeando o sangue pelo corpo, e mais sangue é perdido.

– Então ele ficou lá caído. Se ao menos alguém o tivesse encontrado mais cedo – disse Rose.

– Eu andei pela Jesmond Road, passando pelo beco, no caminho de volta ao pub. Talvez ele estivesse gemendo, e eu só não ouvi.

Joshua estava com a mão sobre a parte inferior do rosto. Os dedos agarrados ao queixo, a outra mão mexendo na ponta desfiada do casaco. Seus olhos eram frios e graves, encarando algum ponto à frente. Ele parecia duas pessoas. Uma controlava a raiva reprimida; a outra era um menino arrasado com roupas desfiadas.

Ela atravessou a cozinha e o abraçou. Pressionou o rosto nas costas dele para ouvir o lento bater de seu coração.

– Ele sangrou até a morte – disse Joshua. – Eu poderia ter salvado meu amigo.

– Shh...

Rose olhou para Joshua e levou os dedos a sua boca para impedi-lo de falar. O rosto dele estava completamente desolado. Isso a fez transbordar de emoção. Ela colocou a mão atrás da cabeça de Joshua e tocou seu cabelo. Depois o puxou em direção a ela.

– Rosie – disse ele, hesitando.

Mas ela ficou na ponta dos pés e beijou seus lábios. Ele fechou os olhos e deixou os lábios roçarem os dela. Rose se atirou contra ele e sentiu o braço de Joshua passando pelas suas costas e puxando-a com força para junto dele, enquanto a beijava ainda mais intensamente. Rose se agarrou a ele. A boca de Joshua estava quente e os lábios, secos. Depois de alguns instantes, ele parou.

Ela deixou o rosto descansar no pescoço dele.

Joshua estava queimando, como se estivesse com febre.

– Rosie, não sei o que fazer. Estou perdido.

Rose não respondeu. Não era a primeira vez em que os dois estavam perdidos.

XXI

Quando ela acordou, na manhã seguinte, Joshua já estava de pé. A cama ao lado dela estava fria. Ela se virou e colocou o braço no espaço vazio onde ele tinha dormido. Esfregou o rosto no travesseiro dele e se perguntou onde ele estava. Não ouvia nenhum som vindo do andar de baixo. Tirou o edredom. Estava usando as meias e o pijama velhos de Joshua. Rose estendeu os braços, bocejando com vontade, e olhou em volta. Na mesa de cabeceira, viu um pedaço de papel.

Rose, recebi uma mensagem do Bob. A polícia encontrou Sean Spenser em South Shields. Estão com ele na Delegacia de Polícia de Farringdon Hall. Bob vai até lá, então pensei em ir atrás para ver o que está acontecendo. Vejo você mais tarde. Beijo, Josh.

Ela se levantou e foi para seu quarto. Olhou pela janela. Era um dia claro. Podia ver uma camada de gelo sobre os carros. O Mini de Skeggsie ainda estava estacionado lá fora, então Bob devia ter pegado Joshua a caminho da delegacia em South Shields.

Abraçou o corpo.

Alguma coisa estava acontecendo entre ela e Joshua.

Na noite anterior, eles tinham ficado colados no sofá assistindo a um programa de televisão após o outro, até estarem caindo de sono. Joshua pegara sua mão e a levara para cima e, quando chegara ao seu quarto, tinha revirado uma gaveta e jogado um pijama para ela. Ele apagara a luz de repente, então ela tivera de ir aos tropeços até a cama. Já cobertos pelo edredom, ele a beijara sem parar. Joshua a abraçava com força, e ela mal se movia. Depois de um tempo, ele parecera exausto em razão dos beijos e desabara no travesseiro. Eles não falaram, só ficaram ali entrelaçados. Mais do que qualquer coisa ela quisera lhe perguntar se *aquilo* era o que ele realmente queria. Ou será que era apenas a tristeza que o empurrava para ela? Mas Rose não dissera nada. Não era o momento certo. Não quando ele estava *sofrendo.*

Depois de pensar no que acontecera entre os dois, Rose se vestiu. Separou algumas de suas roupas, colocou-as na máquina de lavar e preparou seu café da manhã. Poppy a seguia pela cozinha, na esperança de conseguir algumas migalhas. O sol brilhava pelas janelas e o rádio tocava uma música de que ela gostava e, por alguns instantes, parecia um dia normal; um dia em que não havia uma grande sombra pairando sobre ela.

Um dia normal.

Será que a vida algum dia poderia ser assim para ela e Joshua?

Poppy queria sair, então Rose abriu a porta dos fundos. A campainha da porta da frente tocou. Timidamente. Por um minuto, Rose não tinha certeza do que tinha ouvido. Tocou de novo e ela foi atender. Havia uma mulher parada lá, usando um longo casaco por cima de um terno. Ela carregava uma pasta e uma sacola.

– O sobrinho de Stuart Johnson está?
– Não, não está. Posso ajudar? Eu sou... família...
– Olha, sou... Meu nome é Barbara Greaves e sou amiga de Stuart. Queria dizer, em nome de minha família, como lamentamos ouvir sobre o acidente.
– Por que você não entra?

Rose segurou a porta aberta. Barbara Greaves parecia não ter certeza se devia entrar, mas acabou aceitando o convite.

– A cozinha é logo em frente. – Rose apontou, e Barbara foi até lá.

Seu casaco flutuava em volta dela, quase chegando aos tornozelos. Na cozinha, ela o tirou e acomodou-o sobre as costas de uma cadeira, onde tinha apoiado a sacola. Barbara tirou de lá um grande presente embrulhado, que pôs na mesa.

Rose pensou no nome *Barbara Greaves*. Sabia que era familiar.

– Posso lhe preparar uma xícara de chá?
– Não, obrigada. Estou a caminho do trabalho, então não vou demorar.

Ouviram, então, barulhos de alguma coisa arranhando a porta.

– É a cadela – explicou Rose.
– Pode deixá-la entrar. Eu gosto de cachorros.

Rose abriu a porta e Poppy correu direto para Barbara, abanando animadamente a cauda. Barbara se sentou e começou a acalmar Poppy para que ela ficasse quieta e fez carinho em suas orelhas. Após alguns instantes, estendeu o presente para Rose.

– Minha família e eu compramos isso para o Stuart. Acho que ele vai gostar... É um livro sobre MGs vintage. Esperávamos que o sobrinho pudesse levar para ele no hospital. Pensei em ir eu mesma, mas não me pareceu certo. Não o vejo há alguns anos e não queria simplesmente aparecer...

– É muito gentil de sua parte – disse Rose, ainda intrigada.

– Eu esperaria para vir vê-lo quando saísse do hospital, mas minha família e eu vamos sair para esquiar. Não queria que Stuart achasse que não pensamos nele nesse momento difícil.

– Não entendo. Você e sua família eram pessoas próximas a Stuart?

– Ele foi meu professor no ensino médio. E nos ajudou em um momento muito difícil. Foi por causa dele que acabei entrando para a universidade. Não vou dizer que tudo em nossa vida está bem agora, mas está muito melhor do que...

– Você é a irmã de Judy Greaves – comentou Rose, lembrando de repente de onde conhecia o nome.

Judy Greaves. O Caso da Borboleta.

– Sim, sou eu. Não sei o que você conhece da história...

– Stuart tem alguns recortes de jornais em uma pasta. Joshua e eu lemos. É uma história terrível...

– Foi uma época difícil.

Fez-se um silêncio constrangedor. Barbara tamborilava os dedos no presente. Havia uma etiqueta que dizia *Para Stuart, da família Greaves*. Rose se lembrou de que Judy Greaves estava sentada em um carro no estacionamento do supermercado Morrisons quando foi sequestrada. Sua mãe havia lhe deixado aos cuidados da irmã, mas ela voltara para a loja e deixara Judy sozinha. Barbara Greaves, a jovem elegante sentada à sua frente, era aquela garota. Como se lesse sua mente, Barbara começou a falar:

– Minha irmã tinha dez anos, e eu, catorze. Minha mãe estava sempre me pedindo para tomar conta dela. Você tem irmãs?

Rose fez que não.

– Bem, é muito chato ser a irmã mais velha. *Barbara, você toma conta da Judy? Barbara, você pode achar o projeto de escola da Judy? Barbara, você pode ficar no carro com a Judy enquanto volto depressa no Morrisons?* Você conhece a história, é claro. Não fiquei no carro, e, quando cheguei, Judy tinha desaparecido.

Rose se sentou perto da cadeira de Barbara. Poppy estava deitada no chão.

– Mesmo assim, não pedi ajuda. Eu provavelmente estava sonhando acordada com algum menino de quem eu gostava ou algo assim. Ah, mas que bobagem. Eu nem conheço você e fico falando essas coisas. Já se passaram dez anos. Eu deveria seguir em frente...

– Está tudo bem. Mesmo...

Barbara se levantou e pegou sua pasta. Suas bochechas tinham ficado vermelhas e Rose podia ver que ela estava chateada. Barbara tirou o casaco da cadeira e deu um sorriso trêmulo.

– Tenho que ir – despediu-se ela.

Rose pôs a mão em seu braço.

– Sei o que é perder alguém. Minha mãe desapareceu há cinco anos. Eu não sei onde ela está. Não sei o que aconteceu com ela e penso nela todos os dias.

Barbara se virou para Rose. Seus olhos estavam vidrados, e ela pareceu desabar de volta na cadeira.

– Vou fazer uma xícara de chá – disse Rose.

– Por favor, duas pedras de açúcar, sem leite – pediu Barbara.

Mais tarde, depois de beber o chá, Barbara começou a falar novamente:

– Naquele dia, quando ela desapareceu, foi a pior tarde da minha vida. Pelo menos achei que fosse, na época. Mas cinco dias depois, quando recebemos o telefonema para dizer que a haviam encontrado naquela casa, naquele cômodo...

Rose olhou para a mesa.

– Dizem que estavam por todas as paredes. Quadros e mais quadros de borboletas presas por alfinetes. Alguém disse, um dos repórteres, eu acho, que devia haver três ou quatro centenas de borboletas naquele cômodo. E Judy deitada ali...

– Sinto muito – disse Rose.

Barbara usou um dedo para empurrar a caneca para longe.

– Agora realmente preciso parar de falar sobre isso e ir embora.

Rose se levantou. Barbara apontou para o presente.

– Diga a Stuart que há uma garrafa de champanhe no gelo para quando ele estiver de pé novamente.

Rose se perguntou o que Barbara diria se lesse a carta de confissão de Stuart. Talvez ela não ficasse chocada ou triste. Talvez ficasse ainda mais grata a ele. Quando chegaram à porta da frente, Barbara apoiou a pasta no chão enquanto vestia o casaco sobre o terno. Pegou um molho de chaves do bolso e apontou para um carro ali perto. Rose esperou que ela entrasse. Quando o carro se afastou, ela fechou a porta.

Rose foi até o quarto de Stuart e abriu as gavetas de sua mesa, uma após a outra. O que ela estava procurando? Será que Joshua tinha arquivado os recortes do Caso Borboleta? Ela balançou a cabeça. Ao olhar para as prateleiras na parede, viu o cofre que tinham encontrado no motor do MG. Ela o pegou da prateleira e abriu a tampa. Todo o material de Stuart estava lá. Levou tudo para o quarto dela. Tirou o caderno, a carta e os recortes de jornal. Lá no fundo estava o envelope do testamento. Ela o deixou na caixa e pegou o caderno, abrindo-o na primeira página.

O rosto de Judy Greaves aos dez anos olhou de volta para ela.

O que tinha acontecido no estacionamento do Morrisons? Será que um homem batera na janela do carro em que Judy estava? Será que tinha inventado uma história para fazer Judy sair e segui-lo até o carro? *Sua mãe me pediu para vir buscá-la. Ela caiu no mercado e machucou o tornozelo. Estão levando-a para o hospital agora. Estou com meu carro aqui e podemos seguir a ambulância.* Rose pensou na garotinha olhando pela janela do carro para o homem gentil que se oferecia para ajudá-la. É claro que ela teria ido. Rose teria ido. Qualquer história envolvendo uma mãe teria sido mais forte do que o conselho de não falar com estranhos.

Pobre Judy Greaves.

Rose ouviu a porta da frente se fechar e Joshua chamar seu nome. Ela devolveu os papéis ao cofre e o empurrou para baixo da cama.

– Oi! – gritou ela.

Como ele não respondeu, Rose desceu as escadas, preocupada com as informações que Joshua podia ter sobre o irmão de Rory Spenser.

– Josh?

Ela foi até a cozinha e o viu sentado à mesa, o rosto fechado.

– O que houve?

– Sean Spencer tem um álibi. A mãe de um de seus colegas diz que ele estava na casa dela. Estão entrando em contato com ela agora.

– Ah.

– Bob acha que ele não vai manter essa história. Assim que Sean for interrogado algumas vezes, ele pode voltar atrás.

– Você o viu? O Sean?

– Não.

– Dê um tempo. Ele vai acabar desmentindo.

– É o que o Bob diz. O que é isso?

Joshua pegou o presente que Barbara Greaves deixara.

– Uma das antigas alunas de Stuart apareceu. É um presente...

– Para o Stu? – perguntou Joshua bruscamente.

Rose fez que sim. Ele o atirou para o lado.

– Ela foi muito legal. Estava me dizendo que...

– Não posso pensar nisso agora – disse ele, levantando-se. – Não posso pensar em mais nada além dessa história do Skeggsie, Rose. Não nesse momento. Não me amole com isso agora.

Joshua saiu da cozinha. Momentos depois, ela ouviu a porta da frente bater. Rose continuou sentada à mesa, a mão no presente de Stuart.

XXII

Rose saiu à tarde e caminhou ao longo da Promenade. Tinha deixado Poppy em casa para poder olhar as lojas. Ventava, mas não fazia muito frio e ela gostava de sentir a brisa bagunçando seu cabelo, soprando sua gola. Sentia-se cansada de estar na casa de Stuart Johnson. Farta de estar ali, em Newcastle. Queria voltar para Londres. Tudo era complicado. Joshua estava tão infeliz e não havia nada que pudesse fazer quanto a isso. Desejava ardentemente poder voltar no tempo; os três em Londres, comendo, sentados na cozinha do apartamento em Camden, Joshua cozinhando, Skeggsie lavando a louça, Rose ajudando os dois.

E se pegasse um trem para casa?

E se fosse para a casa de Stuart agora e escrevesse uma carta para Joshua dizendo que precisava voltar para ver Anna? O que ele faria? Talvez ele ficasse melhor sozinho; provavelmente ela era um *fardo* além de todos seus outros problemas.

A maioria das lojas ainda estava fechada para o recesso de Natal, mas havia alguns cafés abertos, o tentador cheiro de bacon vindo pelo ar. Ela passou pelo Farol e depois seguiu pela frente dos fliperamas, suas máquinas disparando sons como um tiroteio na rua.

Entrou em um bazar de caridade. Estava quente, havia música tocando, e ela se pegou dando uma olhada nas araras de roupas femininas. Pegou uma camisa preta que era de seu tamanho. Era feita de linho, sabia que vincaria, mas gostou do estilo dela. Perto da camisa, havia uma blusinha em um tom claro de amarelo, sutil como um sol enevoado. Não era a cor que ficava melhor nela, mas ainda assim levou-a ao caixa e pagou por ela. Do lado de fora, a calçada estava bloqueada por duas senhoras de idade em pé conversando, com dois carrinhos de compras entre elas. Rose desviou delas para passar.

– Olá – disse uma voz.

Ela olhou em volta e viu Michelle Hinds vindo em sua direção.

– Ah, oi! – cumprimentou Rose, segurando a bolsa junto ao peito, como se tivesse sido pega fazendo algo errado.

– Como vocês estão?

– Não tão mal – mentiu Rose.

Michelle estava impecavelmente maquiada, delineador nas pálpebras e os lábios pintados de vermelho Coca-Cola. O casaco estava aberto, deixando à mostra uma blusa decotada e uma calça preta.

– Que bom que encontrei você. Queria lhe falar uma coisa. Estou indo para o trabalho – disse Michelle. – Vai até lá comigo?

– Claro.

Elas seguiram em frente, costurando o caminho por entre as pessoas que passavam. Michelle falava enquanto andavam, Rose se esforçando para ouvir o que ela dizia.

– Pensei em contar a Joshua naquela outra noite, mas não queria que ele saísse correndo e fosse agressivo com Rory. Agora estou achando que talvez seja melhor contar a você, para o Josh saber que fui honesta com ele.

– O que é?

– Quando eu disse que estava com Rory no Beer Hut, estava falando a verdade, mas ele saiu por uns quinze minutos. Foi atrás de drogas. Para levar à festa.

– Então ele ficou sozinho por um tempo?

– Eram cerca de 11h20, algo assim. Não contei nada ao policial com quem falei porque não queria arrumar problema para o Rory. Ele já tomou algumas advertências por posse de drogas.

– Mas se ele ficou sozinho por quinze minutos, poderia ter ido àquele beco? – questionou Rose.

– Ele saiu atrás de drogas. E voltou com drogas. Não estou lhe contando isso para você começar a pensar que ele matou o amigo do Josh. Só estou tentando ser sincera com Josh. Posso ver que ele está muito abalado.

Rose assentiu.

– Rory não matou o amigo dele.

Elas estavam em frente ao Royal.

– Olha, ele faz boxe agora e, além disso, tem uma entrevista para uma faculdade em duas semanas. Ele não é o idiota que parece. Ele fala sem pensar e não gosta do Jo-shu-a. Mas é inofensivo. Por que você não vai falar com ele? Ele mora na Cork Street, a mais ou menos um quilômetro e meio descendo a Jesmond Road, à direita. Número seis. Ele é um panaca, mas não mataria ninguém.

Ela olhou para Rose, que não sabia o que dizer.

– Preciso ir. Começo a trabalhar em cinco minutos. Estou morta de cansada de tanto trabalhar esta semana.

– Obrigada, Michelle – disse Rose.

– Você é bem legal, querida. Para uma sulista.

As portas da frente do hotel se abriram e algumas pessoas saíram. Uma delas era a mulher loira com o cachorro. Ela estava brincando com o cão e pegando as chaves do carro na bolsa. Rose se afastou da entrada do estacionamento. E fez sinal para Michelle ir com ela.

– Tenho que ir trabalhar – repetiu Michelle.

– Você poderia descobrir quem é essa mulher? Ela está hospedada em seu hotel.

– Qual? – perguntou Michelle, olhando em volta.

– A mulher loira com o cão.

– Ah, ela. É a sra. Spicer. Todo mundo sabe quem ela é por causa do cachorro. Ela é de Londres, mas tem família aqui e veio para o Natal. É uma senhora simpática. E o cachorro se chama Alfie. Mais alguma coisa?

– Não – disse Rose.

Margaret Spicer, a diretora executiva da Beaufort Holdings.

– Tchau! – cantarolou Michelle, e atravessou depressa o estacionamento em direção ao hotel.

Quando Rose voltou para a casa, viu a jaqueta de couro pendurada no cabideiro de parede do corredor. Joshua havia voltado de onde quer que tivesse ido. Ela se perguntou se devia contar a ele o que Michelle lhe dissera sobre Rory. Isso podia piorar as coisas. Ele provavelmente sairia correndo para a casa de Rory e poderia haver outra briga. Não seria melhor deixar a coisa toda para a polícia? Skeggsie era filho de um policial aposentado. Eles fariam todo o possível para encontrar o responsável. Sem dúvida descobririam que Rory havia saído para comprar drogas com outra pessoa.

Ela subiu as escadas. A porta do quarto de Joshua estava entreaberta. Ele estava deitado na cama. Quando ela passou, ele se levantou e foi atrás de Rose até o quarto dela.

– Estive pensando – disse Josh, como se continuasse uma conversa que estavam tendo, como se ele não tivesse sido rude com ela e saído furioso de casa. – Ando relembrando a véspera de Natal.

Rose assentiu. Ele se recostou no parapeito da janela. Lá fora, começava a escurecer.

– Levamos dez minutos andando do bar até o beco em Jesmond Road onde Skeggsie foi morto?

– Acho que foi isso.

– Você se lembra bem da caminhada?

Rose pensou por um momento.

– Porque não me lembro – continuou Joshua. – Encontrar Skeggsie naquele beco foi tão forte que apaguei todo o resto daquela noite. Quando prestei meu depoimento, acho que comecei falando de quando passamos pelo beco e você ouviu um barulho.

– Me lembro que, logo depois que saímos do bar, passamos por um grupo de pessoas.

– Lembro vagamente. Mas a questão é que não me lembro de absolutamente nada do *restante* daquela caminhada.

– Por que isso é importante?

– Porque passamos por pessoas vindo daquela direção. Uma delas pode ter visto alguma coisa. Ou podemos ter visto algo importante que não demos atenção no momento.

– Não vejo como podemos lembrar disso agora, quatro dias depois.

– Podemos fazer uma reconstrução. Esperamos escurecer e fazemos aquele trajeto de novo.

– Para quê?

– Para estimular nossa memória. Fazemos o mesmo caminho e tentamos visualizar como tudo estava na véspera de Natal. Isso pode trazer de volta coisas que esquecemos.

Rose estava franzindo a testa. Ela olhou pela janela. Não demoraria muito para escurecer de verdade. Faria algum mal andar do Farol até o beco na Jesmond Road? Ela se perguntou sobre Rory Spenser. Quanto tempo ele levaria para andar do Beer Hut até o mesmo beco?

– O que você acha?

– Está bem – concordou ela. – Vamos esta noite. Por volta das dez, quando o bar estará cheio. Assim vai parecer mais como estava na véspera de Natal.

– Isso – disse ele. – É importante *fazer* alguma coisa.

Ela assentiu. Talvez depois eles pudessem ir ao Beer Hut. Só para tomar uma bebida. E para passar o tempo.

Pouco depois das dez, eles entraram no Farol. Estava cheio, um grupo tocava no palco, e as pessoas assistiam de pé. Mal havia espaço para chegar ao bar.

– OK – disse Joshua. – Nós estávamos aqui. Você foi pegar umas cervejas enquanto liguei para o Skeggs. Tomamos as cervejas. E então decidimos voltar até minha casa para ver se encontrávamos o Skeggs. Saímos do bar.

Rose abriu a porta do bar e saiu para o ar frio da noite. A rua parecia agitada. Um táxi estava parando e deixando um grupo de meninas. Isso era diferente da véspera de Natal. Ela se lembrava de que estava nevando e não havia nenhum táxi.

Eles caminharam ao longo da Promenade. Havia um grupo de rapazes fumando e bebendo direto das garrafas. Eles riam alto e ocupavam boa parte da calçada. Joshua teve de pedir licença para passarem.

– Foi aqui que passamos pelas pessoas. Elas haviam acabado de sair da Jesmond Road e vinham em nossa direção. Era um grupo grande de jovens.

– Não – disse Rose. – Havia dois grupos. Algumas pessoas na frente e duas garotas cantando juntas mais para trás.

– Mas todos vieram da esquina.

– Sim.

Eles dobraram a esquina e começaram a andar pela Jesmond Road.

– O ponto de táxi está cheio – comentou Joshua. – Pessoas pegando táxis no centro de Newcastle para os clubes. Assim como na véspera de Natal.

– A lanchonete de peixe e batata frita está aberta.

A iluminação diminuía à medida que continuavam seguindo pela Jesmond Road.

– Estou tentando pensar se havia alguém nesta área naquela noite. Uma pessoa andando, alguém saindo de um carro. Um casal conversando em uma esquina. Qualquer pessoa que possamos ter visto e não registrado.

Rose olhou de um lado para outro da rua escura. Havia lojas fechadas por tábuas e uma longa fila de carros estacionados junto à calçada. Viu outdoors publicitários e uma travessia de pedestres. Será que havia alguém na travessia àquela noite?

Ela suspirou. Havia alguma coisa lhe perturbando no fundo de sua mente. Algo que ela tentava se lembrar. Tinham quase chegado ao beco, e Joshua havia diminuído o passo. De repente, ele parou completamente e se recostou na parede.

– É uma perda de tempo.

Ele estava com as mãos nos bolsos. Rose olhou em volta, vasculhando as vitrines, as casas, os carros. Viu um ponto de ônibus. Poderia ser importante? Tinha chegado algum ônibus naquele dia e deixado alguém ali? Será que ela e Joshua estavam envolvidos demais em sua conversa para notar?

Rose se virou para ele. Joshua se desencorajava tão facilmente. O que tinha acontecido com toda a sua energia e paixão? Ele parecia cansado. Seu coração doía ao vê-lo daquele jeito. Chegou perto de Josh e parou diante dele.

– Foi uma boa ideia – disse Rose. – Pode nos fazer lembrar de alguma coisa mais tarde.

Joshua estava olhando para ela. Os olhos dele pareciam pesados, e Rose sentia que estava sendo atraída para ele. As mãos dele estavam caídas ao lado do corpo. Eles não estavam se tocando, mas ainda assim parecia que ela estava sendo puxada em direção a ele por algo que não podia impedir. Ela chegou ainda mais perto e apoiou o rosto no couro frio da jaqueta de Joshua.

Então ela lembrou.

Outra pessoa virou na esquina para a Promenade na véspera de Natal.

– O sem-teto! – gritou ela, afastando-se de Josh.

Joshua olhou em volta, uma expressão confusa no rosto.

– Quando estávamos virando a esquina da Promenade para a Jesmond Road, vi um sem-teto por ali. Logo depois das duas meninas que estavam cantando. Eu me lembro agora.

– Como você sabe que ele era sem-teto?

– Porque eu o tinha visto antes por lá, quando estava indo para o pub. Eu lhe dei dinheiro. Talvez ele estivesse lá a noite toda. Parado um pouco mais para baixo do ponto de táxi onde havia mais pessoas.

– Ele podia estar lá o tempo todo.

– E pode ter visto alguma coisa.

– Como vamos encontrá-lo? Por que ele não está aqui hoje?

– Talvez costume ficar em alguns pontos diferentes. Não sei. Por que não perguntamos na empresa de táxi?

Joshua saiu. Rose foi atrás. Em alguns instantes, estavam sob a luz amarela do ponto de táxi. Passaram direto pela fila de espera. Era a segunda vez que faziam isso, e Rose ficou se desculpando.

– Não estamos aqui para pegar um táxi, me desculpe.

Encontraram a mesma atendente de antes. Dessa vez, tinha umas bolas prateadas penduradas nas orelhas, como aquelas de qualquer árvore de Natal.

– Me desculpe, você sabe o nome do sem-teto que às vezes fica aqui perto do ponto? – perguntou Joshua.

– Por quê? Você quer mandar um cartão para ele?

– Não, eu... Por que eu iria querer mandar um cartão para ele?

– Ele está no hospital.

– Por quê?

– Pneumonia, pelo que ouvi falar. Por que essas pessoas ficam na rua quando existem abrigos tão bons? Na minha opinião, é burrice.

– Você sabe o nome dele?

– George alguma coisa – disse ela.

Alguém atrás falou.

– George Dudek. Ele é polonês. Ouvi dizer que ele caiu na Promenade no Natal.

Rose se virou para ver quem estava falando. Um rapaz com o braço em volta de uma garota.

– Em que hospital ele está? – perguntou Joshua.

– Royal Victoria.

– Obrigado.

Eles saíram do ponto de táxi.

– O que você vai fazer?

– Vou entrar em contato com o Bob. Posso ir com ele falar com esse cara logo de manhã.

– Por que não contar à polícia?

– Isso pode não dar em nada e não quero distraí-los de investigar o álibi de Sean Spenser.

Joshua estava sorrindo. Rose ficou feliz. Ela havia se lembrado de algo que podia ser importante. Olhou para as lojas cobertas por tábuas do outro lado da estrada onde ficava o beco. A empresa de táxi ficava a um minuto de distância.

– Eu gostaria de beber alguma coisa – disse ela. – Vamos àquele outro pub, o Beer Hut.

– Se você quiser.

Os dois seguiram caminho, e Rose conferiu a hora em seu celular.

XXIII

Joshua saiu cedo e Rose se arrumou com calma. Estava pensativa. A caminhada da noite anterior do ponto de táxi até o Beer Hut tinha levado quatro minutos. Isso significava que Rory Spenser teria tido tempo suficiente para chegar ao beco e voltar. Talvez a história de sair para comprar drogas fosse uma armação. Ele provavelmente já estava com a droga no bolso e aquilo era apenas uma desculpa para sair. Quando voltou ao pub, simplesmente mostrou a Michelle o que tinha e ela achou que ele havia acabado de comprar as drogas. Ou talvez não.

Rose não tinha contado isso a Joshua. Ele estava todo agitado com a ideia de encontrar George Dudek, o sem-teto. Bob e ele iam ao hospital Royal Victoria. Mencionar isso só teria tornado as coisas mais confusas. Talvez o sem-teto tivesse visto alguma coisa. Talvez tivesse visto alguém como Rory seguir Skeggsie e puxá-lo para o beco.

Seria possível?

O dia se estendia à frente. Era sábado. Rose estava em Newcastle havia mais de uma semana. Em três dias seria o Ano-Novo. O que o ano novo traria para ela e Joshua? Mais do mesmo ou algum tipo de recomeço? Ela vagava pelo andar de cima, entrando e saindo do banheiro, pensando se lavava o cabelo ou não. Em seu quarto, viu a ponta da caixa de metal que enfiara debaixo da cama. Ali havia todos os detalhes do Caso Borboleta. Ela lembrou que Skeggsie tinha trazido toda a parafernália dos cadernos para Newcastle em uma pequena mala marrom. A casa do pai dele tinha um bom sistema de alarme, ele dissera, então tudo estava seguro. Só Skeggsie que não tinha ficado em segurança.

Quando voltassem a Londres, eles deviam arrumar um cofre, ele havia sugerido. Será que fariam isso agora?

Rose imaginou a viagem de volta para Londres, Joshua dirigindo o Mini, ela sentada no banco do passageiro. Será que conversariam? Ouviriam música? Ou ficariam sentados em silêncio pensando sobre o motivo de estarem apenas os dois ali no carro? E quando chegassem a Londres, teriam de abrir as várias trancas que Skeggsie instalara. Eles subiriam as escadas e entrariam na cozinha comprida com a mesa estreita. Tudo estaria limpo e arrumado porque isso tinha sido importante para Skeggsie. Cada prato tinha seu lugar nas prateleiras, cada utensílio de cozinha tinha seu espaço no armário.

E o quarto e o escritório de Skeggsie. Será que Josh deixaria tudo como estava ou chegaria a hora em que as coisas de Skeggsie seriam embaladas em caixas de papelão, como seus presentes de Natal, e enviadas de volta para Bob em Newcastle?

O telefone da casa tocou. O som assustou Rose porque ela não o tinha ouvido ainda antes. Ela atendeu. Uma voz masculina falou:

– Rose? Aqui é o Stuart.

Era Stuart Johnson, o homem sobre quem vinha falando há dias.

– Oi! – disse ela. – Como você está? Eu ia visitar você, mas com tudo o que aconteceu...

– Está tudo bem, moça. Sério, entendo mesmo como essa semana tem sido horrível.

– Você está se sentindo melhor?

– Não tão mal. Minha perna está engessada, mas posso andar mancando. Estou ligando para dizer a vocês que o hospital vai me deixar sair na segunda de manhã, véspera de Ano-Novo. Eu avisei o Joshua, mas ele anda um pouco distraído, então achei melhor falar com você também. Vocês não precisam preparar nada, mas Joshua vai ter que chamar um táxi para me pegar. Vão me liberar depois das dez. Finalmente vamos nos conhecer.

– Vai ser bom.

– Tchau, moça.

Rose pôs o telefone na base. Stuart estava indo para casa.

Talvez fosse uma boa hora para ela voltar a Londres.

Rose bagunçou o cabelo com as mãos. Não podia simplesmente ficar em casa o dia todo – tinha de *fazer* alguma coisa. Desceu as escadas, vestiu o casaco e pegou seu celular. Poppy olhou esperançosamente para Rose, mas ela balançou a cabeça.

Cork Street ficava perto da Jesmond Road, como Michelle tinha dito. As casas eram bem grudadas e não tinham jardins frontais. Rose foi até a número seis, desviou de dois grandes recipientes para lixo e bateu à porta. Momentos depois, uma menina de pijama abriu.

– Rory está? – perguntou Rose, sorrindo para ela.

Uma mulher apareceu. Sem dizer uma palavra para Rose, gritou "Rory" e puxou a menina para longe da porta. Rose ouviu o som forte de passos descendo a escada e viu Rory vindo em sua direção.

– O que foi? – perguntou ele, de cara fechada, correndo os olhos pela rua atrás dela.

– Estou sozinha – disse ela. – Só quero falar com você.

– Sobre o quê? – questionou ele, meio escondido atrás da porta.

– Podemos ir a algum lugar? Um café?

Ele parecia estar pensando no assunto. Rose deu um suspiro exagerado.

– Michelle Hinds disse que eu devia vir falar com você. Conversar sobre os quinze minutos em que ficou fora do pub na véspera de Natal.

Ele olhou para Rose mal-humorado. Tirou o telefone do bolso e começou a escrever uma mensagem. Não disse uma palavra e ela se sentiu meio idiota parada ali. Rory enviou a mensagem e continuou olhando para ela. Rose percebeu que ele estava esperando uma resposta. Ouviram um bipe e ele olhou o telefone. Rose imaginou que Rory estivesse confirmando sua história com Michelle.

– Há um café dobrando a esquina – disse ele.

Pegou um casaco atrás da porta, saiu de casa e começou a andar na frente dela. Não falou nada, mas a levou até um café com janelas cobertas de vapor.

– Você quer um chá, café? – perguntou ela, pegando dinheiro.

– Café – disse ele.

Rose pegou as bebidas e se juntou a Rory em uma mesa perto da janela. Ao lado deles, havia um grupo de senhores de idade, jogando cartas.

– Michelle disse que você saiu do pub por quinze minutos.

– Ela disse à polícia?

– Ela não queria meter você em encrenca. Por causa das drogas.

– Por que ela lhe contou?

– Ela queria que Josh soubesse. Queria ser honesta com ele, mas tinha medo de ele vir aqui criar problemas. Em vez disso, ela me contou.

Ele deu de ombros. Depois pegou o telefone do bolso e olhou para a tela. Rose soltou o ar por entre os dentes.

– Me desculpe por desperdiçar seu tempo. Vou passar essa informação para a polícia e deixar que eles cuidem disso – disse ela, chegando a cadeira para trás como se fosse se levantar.

– Não precisa ficar irritada assim.

Ele pousou o telefone na mesa, ao lado de seu café.

– Eu só não entendo. Joshua odeia você pela forma como tratava Skeggs na escola. Mas Martin, que também sabe como você era, o defende. Por que eles estão em lados opostos agora?

Rory tomou seu café e resmungou alguma coisa.

– Perdão? – disse Rose.

– Porque não sou mais daquele jeito. Não bato mais nas pessoas. Eu pratico boxe. É preciso aprender a controlar sua agressão.

– Você foi agressivo no jeito de falar quando o vi lá no pub.

– Era só papo furado.

– Mas é assim que começam os problemas.

– Eu não me meto mais em encrencas, mas Johnson volta de Londres e começa a querer botar banca. Darren Skeggs parece todo assustado. As palavras simplesmente saíram. Mas não bato mais em ninguém. Isso é coisa do passado. Já paguei meu preço por isso. Pergunte ao Johnson, e ele vai lhe dizer. Ele e Marty me deram uma boa surra.

Rose não falou nada. Pensar naquilo a deixava um pouco enjoada.

– Eles vão dizer que eu merecia. Talvez eu merecesse.

– Foi isso que fez você mudar? A *surra*?

– Não. Marty voltou da York um fim de semana e me levou para o boxe. Foi isso. O que me fez mudar.

– O quê? O boxe?

– Não! O fato de Marty, que me odiava na época da escola, me levar para o boxe. Ele investiu seu tempo, foi comigo e me fez começar a praticar. Eu disse a ele que nunca mais bateria em alguém, a menos que fosse para me defender, e não posso desapontá-lo. Eu não disse que não provocaria ninguém ou diria desaforos. Tudo o que disse foi que não bateria em mais ninguém e não bati.

Rose olhou para aquele garoto pálido e acima do peso. E de repente teve certeza de que ele falava a verdade.

O telefone dela fez um barulho. Rose olhou para a tela.

George Dudek deixou o hospital há dois dias. Ele está em um abrigo em Gateshead. Bob e eu vamos até lá. Vejo você mais tarde. Josh.

– É o Johnson?

Rose fez que sim.

– Ele ficou chateado com o que houve com o tio e depois com Darren Skeggs?

– É claro. Seu tio é como um pai. Skeggsie era seu melhor amigo há anos. É claro que ele está chateado!

Rory concordou.

– Não fiz nada com o Darren.

– E seu irmão?

– Sinceramente, não sei dizer. Ele é capaz de algo assim. Se ficou tão irritado a ponto de fazer isso, não sei.

O jogo de cartas tinha terminado na mesa ao lado e um dos homens ria alto. Os outros batiam com colheres em seus copos. Rose imaginou que ele devia ter de pagar outra rodada de chás pela vitória.

– Preciso ir – disse ela.

– Eu via o tio do Johnson por aí. Eu não o conhecia para falar com ele, mas sabia quem ele era. Minha mãe trabalhava na escola dele como merendeira. Bem, eles agora os chamam de supervisores de refeição.

Rose olhou para o telefone. Ainda não eram onze horas. Ela fazia ideia de onde ficava Gateshead, mas tinha certeza de que Joshua estaria fora por horas.

– E o vi lá no penhasco, na noite em que caiu.

– O quê?

– Quero dizer, não o *vi* cair. É claro que, se o tivesse visto cair, teria feito alguma coisa. Só porque não me dou bem com o Johnson não significa que eu ignoraria alguém caindo de um penhasco.

– O que você viu?

– Eu o vi passeando com o cachorro. Passei por ele na trilha do penhasco. Eu estava indo para o velho café. Alguns amigos iam até lá fumar.

– Por que você não contou isso à polícia?

– Eu não falo com a polícia, a menos que precise. De qualquer forma, ele estava bem, não estava?

– Então o quê?

– Então nada. Fumei um pouco com meus amigos. E não o vi de novo. Depois de umas duas horas, voltei pela trilha do penhasco. Se eu soubesse que ele estava lá embaixo...

– Ninguém o viu até de manhã.

Rose imaginou Stuart deitado lá na saliência do penhasco enquanto as pessoas passavam lá em cima – da mesma maneira que as pessoas tinham passado pelo beco onde Skeggsie tinha caído.

Rory ainda estava falando.

– Voltei pela trilha eram umas onze e meia. Estava deserta.

Rose assentiu.

– Exceto pela mulher com o cabelo preso no alto, em um rabo de cavalo.

– Mulher?

– Eu estava prestando atenção por onde andava. Olhando para o chão. Estava doidão e meio fora do ar. Quando levantei os olhos, eu a vi um pouco mais à frente na trilha. Talvez a uns dez metros de distância? Ela olhava em volta. Quando me viu chegando, ela foi embora.

– Olhando em volta?

– Sim. O engraçado foi que, quando ela saiu, eu pude ouvir seus saltos altos arranhando o chão pela trilha. Ninguém anda na trilha do penhasco de salto alto.

– A que horas foi isso?

– Mais ou menos umas onze e meia, talvez mais tarde, por volta da meia-noite.

– Mas você viu o Stuart muito mais cedo.

– Sim, nove? Dez? Não tenho certeza.

Rose se levantou. Os jogadores de cartas da mesa ao lado olharam para ela.

– Eu tenho que ir.
– Você não vai contar à polícia sobre as drogas?
– Não.
– E quanto ao Johnson?
Rose estava saindo do café. Rory seguia ao lado dela.
– Por que você sempre chama o Joshua pelo sobrenome?
– É nosso costume. Escola de garotos.
– Mas você chamou Skeggsie pelo nome. Um nome que nenhum de seus amigos jamais usa.
– Eu não era seu amigo. Ele deixou isso bem claro. Seu pai prendeu meu irmão, e Darren não queria saber nem dele nem de mim. Você vai contar ao Johnson que eu saí do pub?
– Em algum momento vou. Ele ainda está muito chateado. Não está pensando direito. Onde fica o Morrisons? É aqui perto?
– O quê?
– O supermercado? Morrisons.
– Perto do campo de golfe.
– Posso ir andando até lá?
– Sim. Continue andando pela Jesmond Road até chegar ao sinal perto da funerária. Vire à direita e siga em frente. Acho que você tem que dobrar à esquerda. Mais ou menos uns vinte minutos.
– Obrigada.
Rose se afastou de Rory, andando rapidamente pela calçada. Quando chegou ao sinal perto da funerária, ela olhou em volta e viu que ele estava de pé no mesmo lugar. Como se ele não tivesse outro lugar para ir.

XXIV

O supermercado Morrisons era fácil de achar. Rose passou por um pequeno parque, depois virou-se em uma rua cheia de lojas que levava ao supermercado. Ela se lembrava de que Susie Tyler trabalhava no Morrisons. Estava ansiosa para vê-la porque tinha certeza de que era Susie a mulher que Rory havia visto na trilha do penhasco. Não tinha ideia se Susie estaria trabalhando naquele dia, mas não sabia onde ela morava e não tinha mais nada para fazer, então achou que valia a pena ir até lá.

Foi até o setor de farmácia, mas não viu Susie Tyler no balcão. Esperou umas pessoas serem atendidas e perguntou ao funcionário quando Susie Tyler estaria trabalhando. Foi informada de que ela entraria em uma hora.

Uma hora não era muito tempo para esperar.

Comprou um sanduíche e uma bebida e pagou no caixa de autoatendimento. Em seguida, saiu do mercado e foi até o parque pelo qual tinha passado. Embora estivesse frio, ela não estava com vontade de sentar dentro do mercado para comer seu lanche.

O parque era pequeno, e ela se sentou em um banco perto do portão. No meio, havia uma pequena área de recreação, dois balanços e pequenos cavalos de metal sobre molas. Uma mulher estava sentada em uma mesa de piquenique, olhando duas crianças nos balanços. Ela dizia:

– Cuidado agora, não muito alto!

E eles gritavam:

– Olha, mamãe, olha!

Rose se perguntou como seria para um casal não poder ter filhos. Isso quase tinha acabado com o casamento de Susie e Greg Tyler, mas eles tinham voltado. Ela se lembrou de vê-los saindo do shopping com sacolas da loja de bebê.

Por que eles tinham voltado?

Ela acabou de comer o sanduíche e jogou a embalagem no lixo. O parque tinha uma placa: *Parque Primrose*. A estrada passava em volta dele, e, quando ela olhou para as casas ali perto, viu a placa da rua: *Primrose Crescent*.

De repente se lembrou de onde conhecia aquele nome.

A casa onde o corpo de Judy Greaves fora encontrado ficava na Primrose Crescent. O lugar era mencionado no caderno que Stuart Johnson enviara a Brendan, anos antes, contando-lhe sobre o Caso Borboleta. Era o número seis, lembrava-se. Ela ficou ali parada por um instante olhando as casas. Eram grandes, a maioria semigeminada. Ela estava em frente ao número vinte e oito, e os números seguiam em ordem decrescente. Começou a andar, acelerando os passos com o tempo. Estava curiosa para ver a casa em que aquela coisa terrível acontecera. Quando chegou a casa, parou em frente. Três andares de altura, de tijolos, vitoriana, talvez. A frente estava coberta de hera. Rose olhou para a porta. Havia três campainhas. A casa fora transformada em apartamentos. O jardim da frente era pavimentado e apoios de bicicleta e lixeiras disputavam o espaço. A janela do térreo estava fechada por venezianas de madeira, como se ninguém tivesse acordado ainda ou talvez os moradores estivessem passando o Natal fora. A hera subia pelo vidro em alguns lugares.

Rose se perguntou se era ali que Judy Greaves tinha sido encontrada. Em sua cabeça, ela viu os quadros de borboletas pendurados nas paredes. Todas duras e mortas, um único alfinete prendendo cada uma delas. Ela estremeceu ao pensar na menina deitada no meio daquela exposição chamativa. Levantou a manga e olhou para sua borboleta, a tatuagem que tinha feito meses antes. Outras pessoas tinham feito a mesma coisa: sua mãe, Kathy, e o pai de Joshua, Brendan. Mas sua borboleta era bonita porque era a imagem de um inseto vivo, não o corpo de um animal morto.

Rose olhou para o prédio. A terrível descoberta podia ter acontecido em qualquer dos outros cômodos. Ao lado da porta, à direita, havia algo que tinha sido engolido pela hera. Ela olhou em volta, pela rua, sabendo como devia parecer estranha ali parada. Cruzou o curto caminho pavimentado do jardim e estendeu a mão, puxando a hera e sentindo sua força. Tentou tirá-la de cima do que podia ver que era uma placa de madeira. Precisou das mãos para afastar a hera o suficiente para ver as palavras. *Beaufort House.*

A porta da frente se abriu.

Um homem ficou ali, olhando para ela.

– O que você quer?

– Desculpe... Eu...

– Os nomes das pessoas que moram aqui estão nas campainhas. O que você está fazendo?

Rose viu que ela estava com três ou quatro gavinhas de hera na mão.

– Casa errada, me desculpe... – disse ela, sorrindo com ar de quem se desculpa.

Rose se afastou, deixando cair a hera atrás dela. A porta bateu com força e ela se encolheu, mas continuou andando sem olhar para trás. Quando deu a volta na área de recreação do parque, quase bateu em um poste com uma placa dourada. Assustada, ela parou por um segundo e leu o que estava escrito: *Esta área de lazer e descanso é dedicada à memória de Judy Greaves, cuja vida foi interrompida muito cedo, em trágicas circunstâncias. Que o som do riso das crianças sempre soe bem alto. Descanse em paz. 1992-2002.*

Rose ficou parada de frente para a placa. Depois olhou ao redor da rua tranquila, com suas casas bonitas. As duas crianças ainda voavam para a frente e para trás nos balanços. A mãe sorria para elas.

Rose afastou-se lentamente, pensativa.

A casa em que o corpo de Judy Greaves fora encontrado se chamava Beaufort House. Tinha o mesmo nome da empresa proprietária da SUV prateada.

De volta ao Morrisons, esperou perto do balcão da farmácia.

Susie Tyler apareceu logo depois.

Rose foi até o balcão e Susie virou-se para atendê-la. Dessa vez seu cabelo não estava preso em um rabo de cavalo, mas amarrado na nuca. Ela usava um broche no peito, do tipo que vem em um cartão de felicitações. Aquele dizia: *Futura Mamãe*.

– Parabéns! – disse Rose. – Deve ser ótimo para você e Greg terem um bebê depois de tanto tempo tentando.

Susie olhou mais atentamente para Rose.

– Me desculpe, conheço você?

– Sou irmã... Eu estava na casa do Joshua Johnson quando você apareceu na última sexta.

– Ah.

– Tem algum lugar por aqui onde a gente possa conversar?

– Estou trabalhando agora.

– Mais tarde. Um intervalo para um chá ou algo assim?

– Me desculpe, mas não conheço você...

– Eu queria lhe perguntar por que você foi até Cullercoats na noite em que Stuart Johnson caiu.

– O quê?

– Alguém viu você. Por volta das onze e meia?

Rose olhou para ela. Susie parecia não saber se ficava com raiva ou chateada.

– Como está o Stuart?

– Bem, eu acho.

– Talvez eu possa dar uma escapada, pedir minha amiga para ficar um pouco em meu lugar. Quinze minutos? Você vai encontrar uns bancos lá no estacionamento.

– Está bem.

Rose achou os bancos. Sentou, pegou o telefone e viu que tinha uma mensagem: **Estamos no abrigo em Gateshead. George Dudek saiu!!!! Vamos esperá-lo por uma hora e então desistir. Vejo você por volta das duas?**

Será que o sem-teto teria alguma informação para eles ou seria outro beco sem saída? Poderia ser o que Bob estava pensando naquela outra noite, um assalto aleatório seguido de assassinato?

Greg Tyler apareceu com Susie.

Ela devia ter ligado para ele quando Rose saiu da farmácia. Eles atravessavam o estacionamento em direção a ela. Quando chegaram, Rose não falou nada. Só ficou olhando de um para o outro. Susie sentou no banco, mas Greg continuou de pé.

– Você não tem que falar nada para essa garota – disse Greg para a esposa.

Susie deu de ombros.

– Não fizemos nada de errado.

Rose notou que ela tinha tirado o broche.

– Você está grávida?

Susie assentiu. Rose esperou. Uma pergunta pairava no ar entre eles.

– O bebê é do Stuart.

– Pelo amor de Deus! – sibilou Greg, olhando em volta. – Não fale sobre nossa vida aqui fora, no estacionamento! Vamos para o carro, pelo menos.

Rose os seguiu até chegarem a um carro preto.

– Você senta atrás – disse Greg, indicando o lugar para Rose com o polegar.

Rose entrou, reprimindo uma resposta. Era como se ela estivesse sendo interrogada, e não o contrário. Susie virou o rosto para Rose entre os dois bancos dianteiros. Greg olhava para a frente.

– Greg e eu não podemos ter filhos. Eu lhe contei isso semana passada. Foi por isso que as coisas ficaram difíceis entre nós e acabei tendo um caso com Stuart. Mas isso faz parte do passado...

Greg estendeu a mão para Susie.

– Eu descobri que estava grávida e terminei tudo com o Stuart. E, então, estupidamente contei a ele sobre o bebê. Ele estava inflexível, dizendo que devíamos ficar juntos. Ficou realmente irritado. Foi por isso que Greg e ele brigaram aqui no estacionamento. Eu disse a ele que teria o bebê e que Greg e eu iríamos criá-lo como nosso, mas ele não queria isso. Disse que me levaria à justiça e tentaria conseguir uma guarda conjunta. Foi uma confusão!

Susie estava agitada. Sua voz estava falhando.

– Não, Suse...

– Você conta a ela então! Você sabe mais sobre isso do que eu!

Greg se virou. Ele não fez contato visual com Rose; ficou olhando para o lado do seu banco, esfregando o tecido.

– Eu disse a ele para ficar longe da Susie. Disse que ele poderia ir à justiça se quisesse... O bebê ainda ficaria com a gente. Na quarta, ele ligou para meu trabalho e disse que queria se encontrar comigo em Cullercoats. Disse que queria resolver tudo de uma vez por todas. Cheguei lá cedo e esperei no carro e, então, como eu disse a você antes, fiquei com raiva. Desci do carro e andei por ali, tentando me acalmar. Eu o vi discutindo com esse cara mais para cima na trilha do penhasco. O cara saiu e Johnson foi atrás. Eu esperei. Já estava para desistir e ir para meu carro quando ele voltou. Percebi que ele se encontrava alterado pela briga que já tivera e que estava bêbado. Sua cachorra corria em volta, como se fosse uma brincadeira. Ele veio direto até onde eu estava e disse: *O mundo seria um lugar melhor se você não existisse!* Então agarrou meu braço e começou a me puxar para a beira do penhasco. O tempo todo ele resmungava coisas do tipo: *Algumas pessoas não merecem viver!* Era ridículo. Eu me livrei dele e ele olhou para mim como se estivesse falando mesmo sério sobre me jogar do penhasco. Eu ri dele, e ele fez um gesto de desprezo. Atirou uma das mãos para o alto para me desprezar, como se eu não fosse nada. Isso deve tê-lo desequilibrado e ele cambaleou para trás, e fui embora. Não achei que fosse o suficiente para ele cair. Eu não tinha ideia de como ele estava perto da beira do penhasco. Não tinha ideia mesmo.

– Você nem tinha certeza se ele tinha caído – disse Susie.

– A princípio, achei que ele tivesse apenas tropeçado e saí, mas depois me lembrei que ele estava bêbado e não queria que ele ficasse caído ali no frio a noite toda, então voltei e procurei por ele. Sua cachorra ainda estava lá, mas ele não. Em lugar nenhum. Foi então que percebi que ele devia ter caído. Gritei uma, duas, três vezes. Sinceramente, eu gritei, mas ninguém respondeu e entrei em pânico.

– Eu queria chamar a polícia, a ambulância, a guarda costeira, mas...

– Eu disse a ela para não fazer isso. Disse que tinha certeza de que ele estava morto. Não conheço muito bem aqueles penhascos, principalmente no escuro, mas pensei que a queda o teria matado.

– Mas você voltou lá mais tarde – disse Rose à Susie.

– Eu queria ter certeza de que não havia nada que pudéssemos fazer. Encontrei a Poppy. Ela estava sentada a poucos metros da trilha do penhasco, então fui até lá e procurei. Chamei várias vezes, mas não houve resposta. Eu não o vi.

– Você poderia ter ligado para os serviços de emergência.

– Quem teria acreditado em mim? – disse Greg. – Eu tinha tido uma briga com o cara havia pouco mais de uma semana. Ela está grávida dele. Quem teria acreditado em mim? Achei que ele estava morto.

Estava quente ali dentro. Rose saiu e ficou ao lado do carro. Susie saiu também. Greg ficou no banco do motorista.

– Eu queria chamar uma ambulância. Foi por isso que voltei. Se eu tivesse visto algum sinal de vida, teria chamado os serviços de emergência.

– Mas não chamou.

– E me arrependo disso. O que você vai fazer?

Rose estendeu os braços para fora. Estava tensa e desconfortável. Por que caberia a *ela* fazer alguma coisa? Por que as pessoas não podiam cuidar de sua própria bagunça?

– Você deixou a cachorra lá. A noite toda naquele frio terrível.

– Pensei em trazer a cachorra de volta comigo, mas...

– Teria estragado sua história. Então você esperou até de manhã, até sua vizinha lhe contar o que houve, e só então foi lá pegar a cachorra.

– Você vai contar à polícia?

– Não vou fazer nada. Você e seu marido vão à polícia, para prestar um novo depoimento e dizer a verdade. Assim vocês dois vão parecer pessoas decentes que tomaram decisões ruins.

– Nós vamos ser processados.

– Talvez. Stuart vai sair do hospital na véspera do Ano-Novo. Até agora, ele diz que não se lembra de nada. Pode ser verdade. Não sei. A outra possibilidade é que ele sabe o que houve e só não está dizendo nada, está guardando a informação para usar no futuro. Se vocês forem à polícia, podem esclarecer tudo agora. Vocês têm um bebê a caminho. A decisão é de vocês.

Rose saiu. Ela não olhou para trás. Em sua cabeça, ouviu as palavras de Stuart para Greg Tyler: *O mundo seria um lugar melhor se você não existisse!* Lembrou-se da carta que ele havia escrito para o advogado, como parte de seu testamento. *Sou o único culpado pelo assassinato de Simon Lister.* O tio de Joshua tinha um lado sombrio.

Assim como seu pai.

E a mãe dela.

XXV

Rose fez uma longa e lenta caminhada de volta até em casa.

Tentava assimilar o que Greg e Susie Tyler tinham lhe dito.

Era uma coisa estranha a fazer, fugir quando havia alguém ferido. A natureza humana dizia para ajudar. Como Greg pôde simplesmente virar as costas? Ele podia, pelo menos, ter ligado para uma ambulância ou a guarda costeira. Se Stuart estivesse morto, aquela situação difícil estaria repentinamente resolvida para ele. Susie e ele poderiam criar o bebê sem nenhuma interferência, se Stuart não estivesse por perto. Será que isso tinha passado pela cabeça de Greg?

Mas Susie tinha voltado ao precipício mais tarde.

Será que se sentira tomada pela culpa?

Rose percebeu que tomara um caminho diferente. Estava em um cruzamento que não reconhecia. Será que tinha inconscientemente evitado refazer seus passos pela Primrose Crescent?

Viu uma placa indicando *Beira-mar* e a seguiu.

Mais tarde, Rose, junto à mesa da cozinha, olhava para o que havia à frente. A caixa de aço estava vazia e todos os papéis de Stuart Johnson relacionados ao Caso Borboleta tinham sido arrumados ali em cima. O caderno com a explicação de Stuart sobre o sequestro e assassinato de Judy Greaves estava em uma das pontas. Também no caderno estavam os artigos publicados ao longo de um ano sobre o assassinato, de junho de 2002 até setembro de 2003, quando Simon Lister foi absolvido do crime. Ao lado, havia uma pilha de recortes de jornais soltos que se referiam ao assassinato de Simon Lister em 23 de agosto de 2004. Junto a isso estava a carta de Brendan dizendo que não poderia ajudá-lo, mas talvez aparecesse para uma visita no fim de semana de 23 e 24 de agosto de 2004. A carta confessional de Stuart para seu advogado fora posta de volta no envelope contendo seu testamento.

Isso era tudo o que tinham sobre o Caso Borboleta.

No espaço restante estava o laptop de Rose. O de Skeggsie estava na bancada atrás dela.

Rose havia descoberto que a casa em que o corpo de Judy Greaves fora encontrado se chamava Beaufort House – o mesmo nome da empresa proprietária da SUV prateada, o carro que era dirigido pela mulher com o cabelo loiro platinado. O carro que Rose achava que os estava seguindo. O nome da motorista era Margaret Spicer, uma das diretoras da empresa; e *ela* atualmente estava hospedada no hotel Royal.

Stuart Johnson se envolvera profundamente com este caso e tentara convencer o irmão a ajudar. Rose sentou à mesa e clicou no arquivo salvo sobre a Beaufort Holdings. Deu uma olhada nas páginas de novo e viu o nome **Margaret Spicer, Diretora da Empresa.**

Rose abriu uma nova busca no Google. Digitou *Margaret Spicer*. Apareceram alguns artigos irrelevantes sobre uma atriz chamada Margaret Spicer e uma autora de ficção histórica. Rose rolou a tela para baixo. Havia algumas menções à Beaufort Holdings, principalmente nas páginas que já tinha olhado. Ela abriu uma nova busca e digitou as palavras *Margaret Spicer* e *Caso Borboleta* juntas.

Rose encontrou páginas de artigos sobre o Caso Borboleta, mas nenhum parecia estar ligado ao nome Margaret Spicer. Digitou *Margaret Spicer Simon Lister*. Apareceram mais páginas com as palavras Simon Lister destacadas.

Ela se recostou. Havia algum sentido em fazer isso? Devia ser só uma coincidência a empresa se chamar Beaufort Holdings.

Abriu uma nova pesquisa. Digitou *Primrose Crescent Margaret Spicer*. No topo da lista, havia um artigo do jornal local, o *Whitley Chronicle*. Rose se aprumou na cadeira, animada. As palavras **Margaret Spicer** e **Primrose** estavam em negrito. Ela deu um duplo clique no link e abriu o artigo. Rose olhou a data – 15 de junho de 2006. Exatamente quatro anos depois que o corpo de Judy Greaves fora encontrado. A manchete era simples, nada do destaque que a imprensa dera anteriormente ao Caso Borboleta. Havia também uma foto de um grupo de três mulheres segurando pequenos buquês de flores, como damas de honra com roupas comuns.

> **Inauguração do Parque em Memória de Judy**
> Primrose Crescent foi o cenário da inauguração de um belo parque para as crianças do bairro. O parque, financiado pela autoridade local, foi construído em memória de Judy Greaves, a garota de dez anos

> cujo corpo foi encontrado em uma casa próxima em 2002. A família de Judy pediu para que fosse um evento tranquilo e discreto. Os moradores do lugar compareceram e o parque foi inaugurado oficialmente pela mãe de Judy, Joanne Greaves, sua irmã, Barbara Greaves, e Margaret Spicer, a policial que descobriu o corpo de Judy.

O artigo acabava ali. Rose parou de ler. Recostou-se de novo. Margaret Spicer fora a primeira policial a encontrar o corpo na sala cheia de borboletas. Rose olhou para a fotografia. Era muito pequena. Logo abaixo, a legenda dizia: *Joanne Greaves (centro) com a filha, Barbara, e a policial Spicer.* Rose só conseguia identificar Barbara Greaves, a moça que a visitara no dia anterior. Os outros dois rostos estavam borrados. A mulher à direita era Margaret Spicer.

Será que era a *mesma* Margaret Spicer? A mulher de cabelo loiro platinado?

Por que o nome dela não aparecia em nenhum dos artigos da imprensa em geral sobre a morte? Mas Rose sabia a resposta para isso. Ela era uma policial, uma oficial uniformizada, anônima, alguém que apenas fez seu trabalho. Essas pessoas nunca tinham seus nomes nos jornais. Deram o crédito a ela ali porque fazia parte do processo de cura, a construção e inauguração do parque infantil.

Será que era a mesma Margaret Spicer da Beaufort Holdings?

Ela olhou para a fotografia. Não conseguia parar de pensar que Skeggsie poderia ter ampliado a imagem. Ela abriu seu e-mail e clicou no endereço de Eddie.

Eddie, você está on-line agora? Preciso de ajuda com um dos programas do Skeggsie. Se puder me ligar, eu agradeceria muito.

Acrescentou seu número de celular e esperou. Notou que eram quase três horas e Joshua ainda não tinha chegado. Ele ficara fora a maior parte do dia. O que ele diria se entrasse ali e visse a mesa coberta com tudo aquilo?

Seu celular tocou. Ela atendeu.

– Oi, Rose. Eddie – disse ele, direto.

– Eddie, obrigada por ligar. Preciso de um grande favor. É uma coisa que Skeggsie costumava fazer.

– Sim. Manda.

– Você tem certeza de que não está muito ocupado? Ou com a família ou algo assim?

– Rose. Me diga. Vá direto ao ponto!

Rose hesitou um pouco com o tom de voz dele, mas continuou:

– Skeggsie tinha um programa para ampliar fotos, quase até pixels. Ele disse que costumava usá-lo para analisar pinceladas em pinturas.

– Sei. Conheço.

– Tenho uma pequena fotografia de três mulheres tirada de um artigo de jornal. Eu gostaria de ampliar um dos rostos.

– Sim. Dá pra fazer. Mande os links para mim que dou uma olhada.

– Você vai ter que ir ao apartamento? Para usar o computador do Skeggsie?

– Rose. Esta é a era da internet. Skeggsie passou o programa para mim. Me manda o link e falo com você assim que possível.

A linha ficou muda. Rose escreveu o e-mail e inseriu o link para o artigo de jornal. Explicou a Eddie que queria ampliar o rosto à direita. Clicou em *Enviar*. Puxou o laptop do Skeggsie. Seu corpo estava todo tenso, os ombros curvados, concentrada.

Em que ela estava pensando? Que Margaret Spicer da Beaufort Holdings tinha sido policial um dia e que estava a serviço quando o corpo de Judy Greaves foi encontrado por um corretor de imóveis? Que agora ela dirigia uma empresa de segurança e era dona da SUV prateada que vinha seguindo ela e Josh?

Rose relembrou as vezes que tinha visto o carro. Estava estacionado na rua, a mulher e seu cachorro sentados. Ela vira o carro ali três vezes, e então procurara o número da placa no bloco de Joshua. Encontrara o número lá, do dia em que tinham parado no posto de gasolina. Ela também o vira no estacionamento do hotel Royal.

Uma coisa lhe ocorreu. Ela pedira a Skeggsie para descobrir a quem o carro pertencia. Rose sabia que, o que quer que Skeggsie tivesse feito para descobrir isso, com certeza era ilegal – algum tipo de programa de hackeamento que tinha criado, e com o qual provavelmente acessara a base de dados do departamento de trânsito.

Rose abriu os e-mails que Eddie tinha enviado sobre a placa do carro. Ele tivera de usar o computador do Skeggsie porque ele mantivera o programa que criara só para si mesmo. Ela abriu o e-mail de Skeggsie e clicou na pasta de Eddie. Leu a mensagem:

Assim que eu inserir os dados, vou deixá-lo fazendo a busca. Estou acreditando em sua palavra de que não é rastreável (pelo menos não até mim!). Confio em você.

Assim que Rose pediu a Skeggsie para descobrir quem era o proprietário do carro, nunca mais o vira ali na rua. Nem uma vez. Será que os donos do carro de alguma forma *sabiam* que alguém estava tentando descobrir informações sobre eles? Ela balançou a cabeça. Não era possível. Era? Será que o acesso ilegal fora rastreado? Pelo departamento de trânsito? Ou de alguma outra forma?

E se alguém havia monitorado a pesquisa ilegal de Skeggsie em seu computador? Será que alguém sabia o que Skeggsie estava fazendo e como?

Ela enviou outro e-mail para o Eddie:

Você vai achar que é uma pergunta idiota, mas é possível que o uso que alguém faz de seu computador seja monitorado? Como uma escuta telefônica, mas em um computador? Como seria feito? Rose

Alguns momentos depois, ela recebeu uma resposta:

Sim! Absolutamente possível. Isso pode ser feito por clonagem. Existe um software que permite que uma pessoa descubra senhas e reproduza o que está acontecendo no computador de outra pessoa. É ilegal, obviamente :-(Vou terminar sua imagem em alguns minutos :-)

A SUV prateada parou de observá-los logo depois que Skeggsie configurou seu computador para descobrir o dono do carro. Rose sabia que o veículo estava registrado em nome da Beaufort Holdings. Por que uma empresa como aquela clonaria o computador de alguém? Como eles saberiam sobre Skeggsie ou o que ele estava fazendo? Quem saberia que Skeggsie tinha todo aquele hardware? Alguém que tinha ido ao apartamento em algum momento?

O nome de James Munroe lhe veio à cabeça. Ele estivera com Skeggsie no apartamento em Camden semanas antes, esperando que ela e Joshua voltassem, para lhes contar uma história falsa sobre o que acontecera com seus pais.

James Munroe.

O telefone dela tocou. Rose levou um susto.

– É o Eddie. Ampliei sua foto.

– Obrigada!

– Alguma notícia sobre o funeral?

– Funeral?

Ela entendeu o que ele quis dizer. O funeral de Skeggsie.

– Não, não sabemos ainda. Mas aviso a você.

Ele desligou e Rose ficou quieta por um segundo. Tinha mesmo *esquecido* a morte de Skeggsie em meio à sua empolgação e pesquisa? Depois de alguns instantes, ela soltou o ar por entre os dentes e clicou no anexo que Eddie enviara. O rosto da foto do jornal estava mais claro, ainda que um pouco turvo.

Aquela era a mulher com o cabelo loiro platinado?

Ela não podia ter certeza.

E ainda assim o rosto na foto parecia *familiar*.

Ela o vira recentemente.

Vira várias fotos nos últimos dias e tinha certeza de que havia visto aquela mulher. Rose se levantou, agitada. Saiu da cozinha e subiu até seu quarto. No chão ao lado da cama estava o álbum de fotos que Anna lhe dera. Rose o levou lá para baixo e o pôs ao lado do laptop. Olhou para a foto na tela e, em seguida, abriu o álbum e virou as páginas até as fotos de sua mãe com as amigas. Bem no fim, encontrou a foto que queria – sua mãe sentada a uma mesa de restaurante com outras quatro mulheres. À sua direita, uma mulher de cabelos escuros sorria para a câmera.

Aquela mulher era Margaret Spicer.

XXVI

A porta da frente se abriu e fechou.

– Rose! – chamou Joshua.

Rose estava sentada na frente daquela bagunça de papéis na mesa de cozinha. Olhava para o rosto de Margaret Spicer na foto ao lado de sua mãe. Margaret tinha um discreto sorriso nos lábios e segurava uma taça de vinho. A policial que descobrira o corpo de Judy Greaves era amiga da sua mãe.

Joshua entrou na cozinha e olhou de maneira indagadora para as coisas na mesa. Ela fechou o álbum de fotos e o laptop.

– Desculpe, fiquei fora muito tempo, mas é que aconteceram várias coisas.

Ele tirou o casaco e acomodou-o no encosto da cadeira. Ela o viu olhar fixamente para os papéis do tio e a caixa de aço e se perguntou como explicaria aquilo tudo.

– Eu ia ligar, mas as coisas estavam acontecendo rapidamente – disse ele. – O que está havendo aqui?

– Falou com o polonês?

– Sim, mas as novidades não vieram daí – contou ele, falando animadamente. – Greg Tyler foi à delegacia uma hora atrás e prestou um novo depoimento para dizer que ele e meu tio se encontraram *mesmo* no penhasco e tiveram um desentendimento. Ele o viu cair, entrou em pânico e fugiu. E sua esposa, a Susie, foi lá mais tarde, para ver se havia algum sinal de vida.

– Ah.

Rose não esperava que eles fossem tão cedo à delegacia.

– Joe Warner disse que eles estão se contradizendo um pouco em suas histórias, então farão novos interrogatórios. O que não consigo entender é por que Stu não disse nada. Não posso acreditar que ele não se lembre disso.

– Talvez ele não quisesse meter Susie em encrenca. Talvez ele ainda tenha esperança de que ela volte para ele.

– A mulher que o deixou caído em um penhasco?

Rose deu de ombros. Joshua continuou falando rapidamente:

– E se isso não fosse suficiente, o álibi de Sean Spenser ruiu. A mãe de seu colega estava fora, em um clube, e foi vista pelo barman. A polícia fez um ótimo trabalho por lá, devo admitir. Até mesmo Bob ficou impressionado. O Departamento de Investigação Criminal vai falar com ele de novo. Acho que agora vai!

Ele correu os dedos pela caixa de aço vazia.

– O que é tudo isso? Por que você está olhando essas coisas?

– Eu tinha tempo sobrando... – disse ela, sua confiança indo embora face às novidades dele.

Ele encolheu os ombros.

– Enfim, vou pegar alguma coisa para comer e pensei que podíamos ir à casa do Bob. Ele está em contato com os detetives.

Rose assentiu sem convicção. O dia tinha sido demais para ela. O quebra-cabeça que conseguira montar fora ofuscado pelo humor flutuante de Joshua.

– O que o sem-teto disse?

– Ah, meu Deus! – Joshua estava pegando queijo da geladeira e pão do cesto. – Tivemos tantos contratempos no hospital. Primeiro, demorou uma eternidade para descobrirmos em que ala ele estava. Então, quando conseguimos, ele havia sido liberado para um abrigo. Fomos lá e ele estava fora. Esperamos e, quando ele voltou, estava um pouco embriagado, embora não devesse beber enquanto estivesse no abrigo. Então o levamos a um café e lhe compramos comida e ficamos ali sentados com ele por cerca de uma hora, só conversando sobre assuntos genéricos até ele ficar um pouco mais sóbrio. Quando tentei falar sobre a véspera de Natal, ele ficou confuso, mas acabou se lembrando da noite. *Quando estava nevando*, falou. Ele sabia de que noite estávamos falando.

– Ele viu alguém?

– Não. Bem, fora uma mulher andando com seu cachorro. É isso! Passamos a maior parte do dia procurando por esse pobre homem e tudo o que ele conseguiu lembrar foi de uma mulher loira passeando com o cachorro.

Uma mulher loira passeando com o cachorro.

Rose agarrou a beirada da mesa.

– Você quer um pouco de torrada com queijo? – perguntou Joshua.

– Não.

– Você parece chateada.

Rose assentiu.

– Fico aqui falando sem parar sobre meu dia e me esqueço de que tudo isso está atingindo você também. É só que essa coisa com Sean Spenser está me dando uma forma positiva de lidar com o assassinato de Skeggsie. Algo para fazer, em vez de só ficar sentado chorando. Talvez você devesse ter vindo comigo hoje.

– Não, não é isso. Quero dizer, *estou* chateada por causa do Skeggsie, é claro...

– Então o que é? – perguntou ele.

– Acho que sei por que ele foi morto.

– Como assim *por quê*? Eu sei por que ele foi morto. Rory e Sean...

– Não, não. Tem a ver com isso. – Ela apontou para as coisas na mesa. – Tudo isso. O Caso Borboleta.

Joshua deu um meio sorriso, com um ar de incredulidade.

– Não seja boba.

– Tem sim. Eu sei que tem.

Ele abaixou a faca de pão e empurrou o cesto para longe. Estava de costas para a bancada e cruzou os braços sobre o peito. Rose gaguejou as primeiras palavras. Não ia ser fácil explicar.

– Acho que Skeggsie morreu por nossa causa – disse ela. – Você e eu e tudo isso.

Levou muito tempo para explicar. Joshua acabou sentando, a parte de cima de seu corpo parecendo esvaziar, o queixo apoiado nas costas das mãos. Rose falou sobre todas as coisas na mesa. Não se referiu à primeira parte do seu dia, quando falou com Rory e, em seguida, com Susie e Greg Tyler. Achou melhor se concentrar na Primrose Crescent. Contou a ele sobre o parque e o nome da casa e, então, explicou sua pesquisa. Ela tentou mapear o que achava que tinha acontecido.

– Acho que a SUV prateada nos seguiu até Newcastle. Você tinha o número da placa em seu bloco. Eu verifiquei. A mulher nos observou por alguns dias. Então pedi a Skeggsie para descobrir de quem era o carro. Ele sabia como invadir bases de dados, mas seu laptop não tinha memória suficiente, então ele pediu ao Eddie para ir ao apartamento e iniciar uma pesquisa pelo número. Acho que essa busca alertou alguém para o que ele estava fazendo. Em outras palavras, acho que o computador dele foi clonado. Alguém vinha acompanhando o que Skeggsie estava fazendo em seu computador, e essa pessoa está ligada à Beaufort Holdings.

– Mas por quê?

– Porque a Beaufort Holdings está ligada ao Caso Borboleta. A policial que descobriu o corpo da menina agora é diretora da empresa. O Caso Borboleta envolve seu tio e o Brendan. E talvez seja a razão para tudo o que aconteceu desde então. Pense nisso. O significado da borboleta, as tatuagens.

Ela levantou a manga, mostrando sua borboleta azul como se fosse uma prova.

– Eu fiz essa tatuagem porque minha mãe tinha uma. O mesmo aconteceu com você e o Brendan.

– E o cara de quem pegamos os cadernos tinha uma – completou Joshua.

– Se seu tio realmente *matou* Simon Lister, como ele disse na carta para o advogado, será que Brendan esteve envolvido de alguma forma? E a minha mãe? Talvez naquele fim de semana em que eles vieram visitá-lo, em 2004?

– Espera – pediu Joshua. – Volte para a parte em que você disse que o computador de Skeggsie foi clonado. Por quem?

– Quem quer que tenha feito isso devia saber que Skeggsie sacava muito sobre computadores. Devia ter visto o que Skeggsie tinha de hardware. Devia ter estado no apartamento.

– James Munroe.

Rose sentou e puxou o laptop em sua direção. Fez uma nova pesquisa no Google. Escreveu *Beaufort Holdings* e depois *James Munroe*. Apareceu um artigo de revista. Era de um periódico chamado *Security Solutions*. Ela abriu. O texto era de seis meses antes.

Ex-policiais são os melhores especialistas em segurança
O ex-inspetor chefe James Munroe deu uma palestra no Simpósio de Segurança realizado no Centro de Conferências de Wembley. Munroe comemorou o grande número de consultores de segurança que tiveram alguma experiência na polícia e afirmou que ninguém podia dar melhores conselhos do que aqueles que lidaram com as classes criminosas.

O artigo passou a descrever os tipos de segurança para condomínios fechados, mas os olhos de Rose foram atraídos por uma foto na parte inferior da página. Dessa vez, era grande o suficiente para ela identificar quem eram as pessoas.

– Olha – disse ela, virando o laptop para Joshua poder ver a tela.

Na foto, James Munroe estava de pé ao lado da mulher de cabelo loiro platinado. A legenda embaixo dizia: *James Munroe e sua esposa, Margaret Spicer, Diretora da Beaufort Holdings.*

– Eles são *casados*! – disse Rose com espanto. – James Munroe se casou com a mulher que descobriu o corpo de Judy Greaves. Espera.

Rose inseriu mais dois nomes na ferramenta de busca: *James Munroe Simon Lister*. Imediatamente uma longa lista de itens apareceu com os nomes em negrito. Ela selecionou o primeiro, com data de outubro de 2004.

O chefe de polícia de Londres lidera investigação
O inspetor chefe James Munroe, da Força Policial Metropolitana, foi nomeado para supervisionar a investigação sobre o andamento dos inquéritos ligados ao assassinato de Simon Lister em agosto de 2004. A força policial local tem sofrido críticas sobre sua capacidade de resolver este crime e foi acusada de não conduzir a investigação de maneira vigorosa...

Joshua abriu duas outras referências e os artigos eram semelhantes. Enquanto lia os textos, ele resmungava coisas em voz baixa, palavras que Rose não conseguia entender. Por fim, parou de ler e desmoronou na cadeira.

– Mas Skeggsie e eu pesquisamos sobre James Munroe depois de Stiffkey, depois que ele nos contou aquelas mentiras sobre meu pai e a Kathy. Nós não encontramos nada suspeito.

– Porque não sabíamos sobre o Caso Borboleta. Não conhecíamos nenhum desses nomes até poucos dias atrás. James Munroe é o elo em tudo isso... Seja lá o que for. Pense no que aconteceu semanas atrás. Descobrimos algo em Stiffkey, e James Munroe e seus aliados esconderam tudo e, então, nos contaram um monte de mentiras, falando que mamãe e o Brendan estavam mortos. James Munroe estava lá no apartamento com Skeggsie quando chegamos de volta de Norfolk.

– Ele devia saber sobre os sites que criamos – comentou Joshua, pensativo. – Qualquer um poderia descobrir.

– Ele sabia que estávamos à procura deles. É por isso que ele nos contou a história de que se afogaram no carro. Ele queria que parássemos de procurar.

– E paramos. Skeggsie nos disse para ficarmos longe da internet. E só *falarmos* sobre esse assunto um com o outro.

– Só que ele pesquisou o número da placa da SUV.

– E ele foi morto por isso?

Rose deu de ombros. Ao ouvir aquilo dito em voz alta, parecia ridículo. Quem faria uma coisa tão horrível? A mulher com cabelo platinado?

– Eles devem estar escondendo algo realmente grande. Algo tão importante que valha a vida de uma pessoa inocente.

– Precisamos falar com Margaret Spicer.

– Ela estava no hotel Royal ontem. Não sei se ainda está lá.

– Nós vamos descobrir – disse Joshua.

Eles se levantaram juntos. Joshua vestiu a jaqueta de couro. Rose olhou em volta da mesa. Todos aqueles papéis tinham desvendado alguma coisa para eles. Ela saiu atrás de Joshua. O cansaço que sentira tinha ido embora. Estava alerta. Como se algo importante fosse acontecer.

XXVII

A SUV prateada estava no estacionamento do hotel Royal.

Joshua estacionou o Mini na Promenade. Com o tempo frio, as vagas estavam quase todas vazias. Escurecia, o mar se movia preguiçosamente para a frente e para trás, e o céu parecia pesado. O som das gaivotas grasnando fez Rose olhar em volta. Alguém jogara os restos de um saco de batatas fritas na praia e as aves brigavam pela comida.

– Onde você acha que papai e Kathy se encaixam em tudo isso? – perguntou Joshua.

Essa era a questão, o âmago de tudo. A busca pelos pais tinha aberto portas para coisas que nunca quiseram ver, experiências que nunca desejaram viver.

– Você acha que Munroe sabe onde eles estão?

Rose fez que sim.

– Como vamos lidar com isso? – indagou Joshua.

– Não sei.

– Se conseguíssemos tirar Margaret Spicer do quarto, talvez pudéssemos revistá-lo.

– O que vamos procurar? – perguntou Rose.

– Não sei. Papelada? Computador? Qualquer coisa que possa ligar James Munroe e ela aos cadernos?

– Como a tiramos de lá?

– Ela estava nos seguindo, certo? E se eu ligar para ela e disser para me encontrar em algum lugar em que tenha de ir de carro? Disser que, se ela não for, vou à polícia. Ela sai do hotel, pega o carro, e, se a Michelle estiver na recepção, pego a chave do quarto dela.

– São muitos 'se'.

– Michelle disse que estava trabalhando à noite.

– E se ela não lhe der a chave?

– Acho que vai dar sim.

Joshua pesquisou em seu celular o número do hotel e ligou para lá. Rose estava tensa.

– Boa tarde. Posso falar com o quarto de Margaret Spicer?

– Era a Michelle? – sussurrou Rose.

Joshua balançou a cabeça.

Ele começou a falar com voz firme e baixa com alguém do outro lado da linha que Rose imaginou ser Margaret Spicer.

– Meu nome é Joshua Johnson e acredito que você esteja me seguido e a meus amigos desde semana passada quando viemos de Londres.

Ficaram em silêncio enquanto Joshua ouvia.

– Meus amigos viram seu carro perto de minha casa e nós também sabemos que você estava próxima à cena quando nosso amigo foi morto. Acho que precisamos conversar sobre isso agora ou vou ter que ir à polícia.

Joshua ouvia atentamente.

– Acho que seu marido, James Munroe, pediu a você para nos seguir. Me pergunto se ele também lhe disse para matar meu amigo, Darren Skeggs.

Rose prendeu a respiração. A voz de Joshua era firme.

– Me encontre em quinze minutos no Beacon Shopping Centre em North Shields. Sei que conhece o lugar porque, é claro, você é daqui. Pelo menos era quando Judy Greaves morreu.

Em seguida, mais alguns instantes de silêncio e Joshua encerrou a ligação.

– Agora vamos esperar – disse ele.

– Como ela reagiu?

– Não reagiu, na verdade. Ela foi fria, distante, como se já esperasse que eu fosse ligar.

Eles ficaram observando a frente do hotel. Após alguns minutos, Margaret Spicer saiu. Pela primeira vez, ela estava sem o cachorro. Caminhou até o carro e apontou as chaves para ele. As lanternas piscaram enquanto o carro destrancava. Quando ela foi embora, Joshua saiu do carro e Rose o seguiu. Eles atravessaram a estrada em direção ao hotel.

Michelle estava atrás do balcão da recepção conversando com outro funcionário. Seus longos cabelos estavam presos para trás, e ela usava uma maquiagem discreta e pequenos brincos dourados.

– Olá! – disse ela alegremente, olhando timidamente para Joshua. – O que posso fazer por você?

Joshua parecia aliviado ao vê-la. Ele se apoiou no balcão.

– Você está bem, Michelle? Está bonita.

– Obrigada – disse ela, parecendo surpresa.

– Será que você faria algo por mim... Por nós? Eu não pediria se não fosse realmente importante.

– O que é?

Joshua se inclinou sobre o balcão.

– Você pode nos dar a chave do quarto de Margaret Spicer?

– Por quê?

– É difícil de explicar. Precisamos dela por apenas dez minutos.

Ela se virou para Rose.

– É a mulher sobre quem você me perguntou outro dia?

– Sim.

– Isso tem a ver com Rory ou Darren Skeggs? – Michelle se virou em direção às chaves que ficavam penduradas atrás dela. – Eu poderia perder meu emprego por isso.

– Ninguém vai saber. Quando abrirmos a porta, Rose traz a chave de volta. E se Margaret Spicer voltar, você pode ligar para o quarto. Eu atendo e, se você não falar nada, vou saber que ela está chegando.

Michelle parecia estar em conflito.

– Isso é importante, Michelle – insistiu Rose. – Por favor, não a colocaríamos nessa situação se não fosse necessário.

Michelle pegou a chave na parede, suspirou e entregou a Joshua de forma teatral.

– Fico devendo essa – disse ele.

O quarto ficava no segundo andar. Eles subiram as escadas e seguiram pelo corredor até chegarem ao número 213.

Rose estava tensa. Olhava de um lado a outro no corredor, para ter certeza de que não vinha ninguém. Joshua pôs a chave na porta e girou. A porta se abriu silenciosamente e Rose ficou nervosa.

– Você não entra até eu voltar – disse ela.

Joshua balançou a cabeça.

Rose pegou a chave e correu de volta pelo corredor. O elevador ainda estava lá, então ela entrou. Devolveu a chave à Michelle e subiu novamente. Joshua ainda estava parado junto à porta.

– Pronta? – perguntou ele.

Ela fez que sim. Precisavam fazer isso.

– Não acenda a luz – disse ela. – Se ela voltar cedo, pode ver que tem alguém aqui.

Joshua entrou na frente. As cortinas estavam abertas e as luzes dos postes clareavam um pouco o quarto, dando para ver ao redor.

– Vou fechar as cortinas, aí *então* podemos acender as luzes.

Rose passou por Joshua e se dirigiu às janelas. Entre eles havia um espelho e, ao se aproximar, ela viu sua própria figura cada vez mais perto. Joshua estava atrás dela. Rose olhou para as cortinas, mas seus olhos correram de volta para o espelho, porque pensou ter notado algum movimento. Nesse momento ouviu Joshua emitir um *Ah!*. Ela se virou e o viu cair no chão.

– Josh! – gritou ela.

A luz se acendeu.

Joshua estava de bruços no tapete. Atrás dele, segurando um cassetete de borracha, estava James Munroe. Ele parecia inquieto. Rose se abaixou no chão ao lado de Joshua.

– Você está bem?

– Ele vai recuperar a consciência em um minuto – disse Munroe.

Ela pegou o celular e começou a apertar os botões, mas Munroe o tomou dela e atirou-o do outro lado do quarto.

– Não tente ligar para ninguém, Rose, ou vou ter que prender você.

Joshua começou a gemer e levou uma das mãos à cabeça. Ele rolou para o lado, ficando em posição fetal. James Munroe pegou um par de algemas na cama. Depois se agachou e prendeu um lado na outra mão de Joshua e o outro no pé da cama.

– Shhh – disse Rose, abaixando o rosto perto do ouvido de Joshua. – Você foi atingido na cabeça, mas está bem.

– Ajude-o a se sentar e a se recostar contra a cama – ordenou Munroe, a voz firme, não deixando espaço para discordância.

– Você não pode me impedir de sair daqui. E ir à polícia.

– Não posso impedi-la. Mas pensei que você e Joshua quisessem ouvir a verdade. Pensei que essa era a razão de todo esse trabalho infantil de detetive.

Joshua estava meio sentado, puxando a mão com algema.

– Se você puxar, o metal vai ferir sua pele.

Rose olhou em volta desesperadamente. James Munroe puxou uma cadeira e se sentou. Atrás dele havia uma mesa, e Rose pôde ver uma mala marrom em cima dela. Era exatamente como a que Skeggsie tinha, onde colocara todo o material ligado aos cadernos. Munroe a viu olhando para lá, mas não falou nada. No tapete, junto a seus pés, havia um laptop.

– Percebem que essa intromissão de vocês só torna a vida de seus pais ainda mais arriscada do que já é?

Por fim, Munroe estava admitindo que sua mãe e Brendan estavam vivos. Parecia um momento importante.

– Você matou Darren Skeggs? – perguntou Joshua, fazendo força para se sentar, a mão algemada em um ângulo impossível.

– Não seja ridículo. Não matamos pessoas inocentes. O que houve com Darren Skeggs foi um acidente. Nunca devia ter acontecido. Mandamos alguém para fazê-lo desistir, só isso. Para mandá-lo parar de se intrometer... Parar com aquelas pesquisas, sites e programas de hackeamento. Queríamos que ele soubesse que estávamos seguindo todos seus passos e que ele simplesmente parasse.

– Então como ele está morto?

James Munroe parecia desconfortável. Cruzou uma perna sobre a outra, depois descruzou.

– Pedimos para alguém falar com ele, ameaçá-lo, se necessário. Não alguém da nossa organização, entende. Um antigo contato dos dias em que Margaret e eu trabalhávamos na área. Essa pessoa fez o que lhe foi dito. Ele falou com seu amigo, talvez tenha usado um pouco de violência. Mas seu amigo partiu para a briga.

Rose olhou para o homem. *Ele falou com seu amigo, talvez tenha usado um pouco de violência.* Isso era um eufemismo para dizer que algum brutamontes arrastou Skeggsie para o beco e lhe deu uma surra enquanto, ao mesmo tempo, exigia que ele parasse com a busca aos pais deles.

– Não foi exatamente uma briga justa... Seu *comparsa* com um faca e Skeggsie usando os punhos – disse Joshua.

– Bem, Joshua, você devia se perguntar quem exatamente pôs este jovem em perigo. Se você não o tivesse envolvido, ele podia ainda estar vivo.

Ele estava dizendo que era *culpa de Joshua* Skeggsie ter sido morto?

Joshua puxou o braço com a algema e tentou acertar James Munroe com as pernas. Munroe se encolheu.

– O que aconteceu com Skeggsie? – insistiu Rose.

– Seu amigo revidou. De forma violenta, pelo que nos disseram. Nosso parceiro foi encurralado. Não esperava enfrentar esse tipo de problema. Ele disse que não teve escolha.

Lágrimas brotaram nos olhos de Rose.

Por que você revidou?, pensou ela. *Por que dessa vez?*

Mas ela sabia a resposta. Skeggsie tinha se exaltado depois da confusão na área de fumantes do pub. Ele queria defender sua posição. Provavelmente pensou que, ao enfrentar aquela pessoa, estava marcando sua posição contra todos os provocadores que já enfrentara, até mesmo contra a superproteção de Joshua. Em vez de aceitar alguns socos e ameaças, ele tinha entrado para valer em uma briga pela primeira vez em sua vida.

– Sentimos muito. Nossa organização nunca quis que isso acontecesse, mas o garoto estava cavando coisas que não podia entender e talvez, a longo prazo, pondo a vida de nossos agentes em risco, incluindo a de seus pais. Não posso falar mais do que isso.

Rose não disse nada. James Munroe parecia menos formal do que ela jamais o tinha visto, usando um suéter por cima de uma camisa. Seus sapatos de couro tinham sido muito bem polidos – sapatos marrons de amarrar. O aborrecimento não havia afetado seu senso de moda.

– Ele está morto porque procurou uma placa de carro? – perguntou Joshua, a voz falhando.

– Não. Se quiséssemos esconder a identidade de Margaret teríamos trocado as placas de seu carro. Não, Margaret dirige uma empresa de segurança respeitável. E sou um funcionário público. Não temos nada a esconder.

– Por quê, então? – disse Rose.

– Por causa de tudo isso. – James Munroe girou em direção à mala marrom e abriu a tampa. – Toda essa intromissão. Parece que seu jovem amigo passou horas e horas tentando decodificar esses cadernos, que nunca deveriam ter existido, para começo de conversa. Infelizmente um dos membros de nossa organização decidiu documentar todas as nossas missões.

Ele pegou um dos cadernos pela ponta como se fosse algo nojento que ele não suportasse segurar. Rose se lembrou de Frank Richards, o homem com a mala de rodinhas. Ele tinha sido a primeira pessoa a lhes dizer que seus pais ainda estavam vivos. Joshua roubara os cadernos dele e Skeggsie ficara todo empolgado para tentar decifrar o código. Ele levara semanas para decodificar algumas páginas.

– Você roubou a mala do Skeggsie?

– Somos especialistas em segurança. Não é difícil para nós entrarmos em uma propriedade.

– Você o esfaqueou? – perguntou Joshua.

Munroe balançou a cabeça.

– Nós somos uma organização profissional, Joshua. Não somos criminosos. Mas talvez devêssemos ir direto ao ponto dessa reunião.

– E qual é o ponto dessa reunião?

– Está na hora de seus pais falarem com vocês. Talvez vocês deem ouvidos a eles.

Rose se sentou direito, espantada. Joshua olhou em volta cautelosamente.

— Talvez vocês finalmente entendam como nosso trabalho é importante.

Rose olhou para a porta, esperando que se abrisse.

Será que era aquele o momento em que veriam seus pais novamente?

XXVIII

James Munroe se abaixou até o tapete e pegou um laptop. Então o abriu e apoiou no colo. Rose sentiu suas esperanças frustradas em um segundo. Não seria um encontro físico. Apenas alguma comunicação deles, um e-mail, talvez, algumas palavras que Munroe afirmaria que tinham escrito. Seria como o que acontecera há algumas semanas, quando ele os levara a Childerley Waters e lhes mostrara a foto de um carro que tinha sido retirado da represa semanas antes. O corpo de seus pais ficara no carro por cinco anos, ele mentira.

Agora tentaria algo parecido.

Ela não acreditaria em uma palavra.

Joshua olhava sem emoção para Munroe, como se os mesmos pensamentos estivessem passando pela sua cabeça.

– Seus pais me pediram para mostrar isso a vocês – disse Munroe.

Rose cruzou os braços e olhou para o tapete.

– Eles estão em grande perigo...

– Por causa de Lev Baranski? – perguntou Joshua.

– Por vários motivos. Eles estão escondidos. Estão trabalhando em uma missão, e, se seu disfarce for arruinado, eles serão mortos. Posso assegurá-los de que essa é a verdade. Mas vocês não precisam acreditar em mim. Ouçam o que eles têm a dizer.

– Uma missão? – disse Joshua. – Tem a ver com a segurança nacional?

Munroe balançou a cabeça enfaticamente. Apertou algumas teclas e depois virou o laptop para ficar de frente para eles. Rose se aproximou, mas Joshua não pôde. Como ele conseguiria ler o e-mail?

Depois de alguns segundos, uma imagem parada surgiu na tela.

Eram Brendan e sua mãe.

Rose engasgou. Joshua agarrou o braço dela com a mão livre.

Rose chegou ainda mais perto. Era uma tomada que mostrava a cabeça e os ombros. Brendan estava na frente, mais próximo da câmera, sua cabeça parecia maior; sua mãe estava atrás dele, apenas dois terços de seu rosto aparecendo. Brendan estava bem barbeado e usava óculos de lentes grossas. Ele parecia mais magro, mas Rose ainda o teria reconhecido. O cabelo de sua mãe estava puxado para trás e ela usava óculos pretos de armação grossa. Estava pálida e parecia trincar a mandíbula.

Munroe apertou alguns botões e a imagem estática ganhou movimento. O rosto de Brendan tinha um ar confuso, e sua mãe olhava fixamente para a tela.

– Está funcionando? – perguntou sua mãe.

– Acho que sim, aqui... – disse Brendan, aproximando os dedos da tela.

O coração de Rose doeu ao vê-los.

– Rose e Joshua, sei que vocês estão assistindo a esse vídeo e sei que os dois devem estar irritados com o que aconteceu, mas eu queria... *nós* queríamos... que vocês soubessem que fizemos isso em nome de um bem maior.

Ele fez uma pausa, como se estivesse pensando antes de continuar. Sua mãe pareceu dizer algo em seu ouvido.

– Kathy quer que você saiba o quanto ela te ama, Rose, e, claro, Josh, o mesmo vale para mim.

Rose sentiu sua mão subir em direção à tela, como se pudesse tocá-los.

– Rose – disse Brendan, tossindo, a mão sobre a boca. – Você falou comigo algumas horas atrás no telefone do Stu. Eu não tinha ideia sobre o acidente dele. Estive com ele lá no penhasco, mas ele estava bem quando saí. Não sei o que dizer... E, Josh, acredito que você tenha tentado entrar em contato conosco no mesmo número...

Algumas horas atrás? Rose tinha falado com Brendan na véspera de Natal, quase uma semana antes. O rosto de sua mãe ficou mais visível. Ela parecia tensa e infeliz. Era uma gravação do Skype e a qualidade não estava boa. A imagem estava tremida e parecia que poderia se desintegrar a qualquer momento.

Brendan continuou falando:

– Josh e Rose, vou tentar explicar a vocês por que estamos fazendo tudo isso. Então vocês vão ter que parar. É perigoso para vocês se aproximarem de nós. Existem pessoas procurando por nós, e, se elas acharem que vocês sabem de alguma coisa, então suas vidas estarão em perigo.

Kathy se aproximou da câmera.

– Rose, é por isso que fomos embora. É por isso que tivemos que ir.

A boca de Rose ficou seca. A mão de sua mãe estava estendida como se pudesse atravessar a tela para tocá-la.

– Vou começar pelo começo. Em 2004, pouco depois que Kathy e eu ficamos juntos, visitei Stuart em Newcastle. Levei Kathy comigo. Stuart estava muito nervoso por causa de uma de suas alunas, que tivera a irmã assassinada dois anos antes. O homem conseguira se livrar. Stuart ficara obcecado com isso. Enquanto estávamos lá, ele ficou muito bêbado e me mostrou onde o homem morava. Também me mostrou uma faca que separara para matar esse homem. Tentei acalmá-lo e prometi que minha equipe ajudaria com a investigação. Eu estava realmente preocupado com Stuart. Ele parecia desequilibrado. Pensei que ele tivesse se acalmado, mas, naquela noite, ele saiu enfurecido e voltou mais tarde coberto de sangue. Eu não podia acreditar que ele tivesse feito uma coisa dessas e ele me disse que tinha deixado cair a faca no jardim do homem. O assassinato fora premeditado. Eu sabia que ele ia passar a vida inteira na prisão e não podia deixar isso acontecer. Voltei ao jardim onde o morto estava e vasculhei a cena do crime. Encontrei a faca e a joguei fora. Ele era meu irmão, eu tinha que ajudá-lo. Nos dias que se seguiram, a polícia encontrou provas de que aquele homem planejava matar outra garota e também encontrou pertences de outras garotas desaparecidas. Stuart estava em êxtase. Não tinha sido um assassinato, ele dissera, mas uma punição. Uma execução.

Brendan parou.

– O que a polícia encontrou na casa de Simon Lister teria chocado até os oficiais mais experientes. Uma parte saiu nos jornais. Kathy e eu estávamos de volta a Londres, mas, como éramos policiais da ativa, foi fácil para nós descobrirmos essas informações. Isso nos fez pensar nas coisas que estávamos fazendo, nos casos em que estávamos envolvidos.

Rose concentrava sua atenção no rosto da mãe. Os olhos dela pareciam vazios por trás dos óculos. Estava mais velha e cansada, como se mais de dez anos tivessem se passado desde que Rose a vira pela última vez.

– Muitos de nós, pessoas como James Munroe e Frank Richards, estávamos todos fartos de ver os criminosos escaparem impunes de assassinatos. Nós trabalhávamos com casos arquivados. Víamos isso todos os dias. Homens que tinham sido responsáveis por assassinatos, tráfico de drogas e prostituição. Mas esses homens não iam para a prisão nem ao menos eram detidos. Eles moravam em casas luxuosas e viviam à custa dos ganhos de legiões de bandidos pé de chinelo. Decidimos fazer algo a respeito. Decidimos fazer justiça. E, quando as pessoas eram culpadas por assassinato, pessoas como Viktor Baranski, nós as puníamos.

– Não... – disse Joshua.

– Não posso dizer mais nada porque, quanto menos vocês souberem, melhor. Estou contando isso a vocês agora para deixarem de investigar. Também quero que nunca mencionem isso a seu tio. Quando ele sair do hospital, vocês têm que tirar isso da cabeça. Foi um momento de loucura para o Stuart. Ele nunca mais se envolveu em nada disso e não machucaria uma mosca.

Brendan pareceu se virar por um instante e murmurar algo para Kathy. Rose estava franzindo a testa. Ela pensou no que Stuart dissera a Greg Tyler na trilha do penhasco. *O mundo seria um lugar melhor se você não existisse!* Ela não dissera isso a Joshua. Será que Stuart realmente *pretendia* machucar Greg Tyler?

– Em poucos meses, Kathy e eu terminaremos nosso último trabalho. Então entraremos em contato com vocês.

A tela ficou preta de repente, mas não antes de Rose ver a mãe abrir a boca como se tivesse algo a dizer. Rose se aprumou na cadeira, desconcertada.

– Não pode ser só isso – disse ela.

James Munroe tinha virado o laptop para ele. E começou a apertar as teclas.

– Espera! – gritou ela, levantando-se, dando um passo na direção dele e agarrando a ponta do laptop. – Deve haver mais coisa. Espera. Quero ver de novo!

– Deletado!

– Não – disse Rose. – Eu só quero ver de novo.

– Esse era o acordo que tínhamos com seu pai e sua mãe. Vocês podiam ver uma vez, e, em seguida, o vídeo tinha que ser apagado.

– Você não tinha o direito...

Rose sentia a raiva tomar conta dela.

– Era o desejo do Brendan. Vocês ouviram o que ele disse.

Munroe estava fechando o laptop, suas mãos abaixando tranquilamente a tampa até ouvirem o clique.

– NÃO! VOCÊ NÃO TINHA O DIREITO. ERA MINHA MÃE!

Munroe se levantou e assomou sobre Rose, o rosto impassível. Ele tinha deletado sua mãe. Apertara um botão e apagara os rostos, as palavras e a vida que estavam naquela tela. Sua mãe mal falara, só ficara ali junto ao ombro de Brendan, apoiando-o com sua presença. E ainda assim, de alguma forma, parecia que ela havia passado aquele tempo encarando a câmera como se estivesse espiando Rose, a filha que não via há cinco anos, por uma janela.

Rose se virou para Joshua, ainda algemado ao pé da cama. Ele olhava para o tapete, a fúria reprimida no rosto. Munroe também tinha deletado Brendan.

Após um instante de intensa luz, estavam de volta à escuridão.

XXIX

Momentos depois, Margaret Spicer entrou no quarto.

De perto, ela parecia mais magra, as veias em seu pescoço salientes. Rose observou seu rosto para ver a semelhança entre ela agora e na foto com sua mãe no restaurante. Ela não sabia dizer por que Margaret Spicer não fazia contato visual.

– Onde está o cachorro? – perguntou Rose.

Margaret examinou o quarto, os olhos passando por Rose, que estava sentada no chão ao lado de Joshua.

– No banheiro.

– As algemas são absolutamente necessárias?

– Acho que sim.

– Eles viram o vídeo do Skype?

– Viram. E provavelmente é por isso que os dois estão tão quietos.

Margaret Spicer parecia pouco à vontade. Rose imaginou-a na véspera de Natal, passando pelo beco enquanto alguém estava lá, à espera do Skeggsie. Talvez Skeggsie tenha passado por Margaret, que dissera algo como: *Você ouviu esse barulho ali? Será que alguém está ferido?*, da mesma forma que ela, Rose, dissera algo assim a Joshua. Skeggsie teria ido direto ver quem estava lá. Ele não teria ligado aquela mulher ao carro que vinha seguindo os três. Em todo caso, ele não teria pensado nem por um segundo que sua vida estava em perigo. Talvez tenha acontecido de forma diferente. Margaret Spicer podia estar caminhando atrás de Skeggsie e ter sinalizado para o comparsa que esperava para assustá-lo e fazê-lo desistir. Se ao menos eles conhecessem Skeggsie. Poderiam ter entendido que nunca conseguiriam fazê-lo desistir.

A mulher era uma assassina improvável e, mesmo assim, tinha sido a intermediária. Era tão culpada quanto James Munroe.

– Agora nós vamos? – perguntou Margaret Spicer para Munroe.

Munroe assentiu.

– Você não liga? – perguntou Rose. – Não *se importa* que nosso amigo esteja morto?

Margaret Spicer pareceu assustada por terem falado com ela. Munroe disse:

– Margaret estava patrulhando a Primrose Crescent quando um jovem corretor de imóveis saiu correndo de uma casa, gritando. Ele estava histérico, e Margaret tentou acalmá-lo. Ele não parava de puxar o braço dela, e, por fim, ela o seguiu até o número seis. E viu o corpo de Judy Greaves. A garota estava desaparecida havia cinco dias. Quando a encontrou, a menina ainda estava *quente*. Lister ficou com ela por cinco dias. Ele a matou cerca de uma hora antes de marcar de se encontrar na casa com o corretor, que estava histérico, mas Margaret ficou com a menina até que as autoridades chegassem. Margaret sabe como esse projeto é importante. Ela não quer ver pessoas culpadas escaparem.

– Ela não pode falar por si mesma?

A mulher estava segurando roupas que tirara de uma gaveta. Rose notou, então, uma mala aberta no chão. Eles estavam indo embora. Parecia que, como ela e Joshua descobriram essas pessoas, eles teriam que partir imediatamente.

– Você encontrou a Judy. Nós encontramos o Skeggsie. Como isso faz você se sentir?

– Isso se trata de algo muito maior, Rose – disse Munroe. – Foi um erro e temos que seguir em frente.

Margaret Spicer continuou a fazer as malas. Munroe encarava Joshua, inquieto.

– O vídeo do Skype foi feito na véspera de Natal, certo? – disse Joshua. – Poucas horas depois de Rose ter falado com meu pai, quando ele ligou para meu tio. Ao meio-dia.

Munroe assentiu.

– Então meu pai não sabe nada sobre o assassinato de Skeggsie.

– O que faz você pensar isso? Não há segredos em nossa organização.

– Meu pai não poderia ter falado comigo daquele jeito se soubesse que meu melhor amigo estava morto, assassinado por você. Ele não poderia ter me olhado nos olhos sabendo disso.

Rose pensou em Brendan olhando Joshua nos olhos. Na verdade, era a pequena lente de uma câmera embutida na tela de um laptop. Será que Brendan tinha visto através disso? Se, em sua mente, ele tinha olhado nos olhos do filho que não via há tanto tempo?

– Seu pai passou por muita coisa. Ele não é o mesmo homem que você conheceu.

– Ele ainda é meu pai. E nunca me magoaria conscientemente. Ele não sabia sobre o assassinato do Skeggsie, não é?

– Nós devemos ir – disse Margaret Spicer.

James Munroe se levantou, acomodando o laptop em sua maleta de transporte. Encaixou-o na mala que estava no chão. Depois pegou a mala marrom. Rose olhou para ela com preocupação. Era de Skeggsie e estava cheia das coisas que ele achava importantes sobre os cadernos. A mala continha exatamente as coisas que o levaram a ser assassinado. E agora estava com Munroe.

– Você não contou a ele. Meu pai não participou de nenhuma forma do assassinato do Skeggsie.

– Eu não chamo de assassinato. Chamo de acidente.

– O que o faz pensar que não vamos direto à polícia assim que você for embora? – perguntou Joshua.

– Vocês podem ir, é claro. Mas lhe digo isso, Joshua. Se a polícia vier atrás de mim ou da Margaret, vou revelar tudo o que aconteceu nos últimos cinco anos, e seu pai e sua mãe serão expostos. E nem por um minuto pense que quero dizer que serão *presos*. Não, não. Eles irritaram muitas pessoas e, se eu revelar seu paradeiro, então com certeza vão sofrer uma morte terrível.

– Anda – disse Margaret Spicer. – Vamos.

– Nos últimos cinco anos, seis homens da pior espécie foram banidos da nossa sociedade. Isso é uma coisa boa. Sinto muito sobre seu amigo.

Ele estava na porta. Em alguns instantes, iriam embora.

– E quanto ao Joshua? – disse Rose, apontando para a algema presa ao pé da cama.

– Temo que, se eu libertar Joshua agora, ele possa tentar uma resistência dramática e teremos alguns dissabores. Rose, você vem até o carro com a gente. Como estamos de saída, eu lhe entrego a chave das algemas.

Dissabores. Uma palavra tão educada. Será que Munroe pensava que o assassinato de Skeggsie era um *dissabor*?, ela se perguntou.

Margaret Spicer andava pelo quarto, abrindo gavetas. Depois abriu a porta do banheiro. O pequeno cachorro saiu, abanando o rabo. O animal não tinha emitido um som sequer durante todo o tempo em que estiveram lá. Talvez fosse bem treinado. Margaret prendeu uma guia no pescoço dele, pegou uma bolsa e saiu sem olhar para trás.

James Munroe a seguiu com o resto das malas.

– Volto logo que eu puder – disse Rose a Joshua, passando pela porta.

Rose ficou ao lado da SUV prateada enquanto Margaret Spicer botava sua mala no banco traseiro. No banco do passageiro, o cachorro ficou de pé sobre as patas traseiras e olhou pela janela. Seu rabo estava balançando e seus olhos acompanhavam Margaret enquanto ela dava a volta até o banco do motorista e entrava no carro.

Munroe colocou seu laptop em cima da mala marrom de Skeggsie.

– Por que você tem que levar esse material? É importante para nós.

– Foi isso que meteu vocês em encrenca. Esqueçam tudo isso. Seus pais entrarão em contato com vocês quando estiverem prontos. Aqui estão as chaves das algemas. Adeus, Rose.

Ela ficou ali parada vendo o carro sair do estacionamento e pegar a Promenade. Quando foi embora, ela se virou e voltou depressa ao hotel. Michelle olhou do balcão de recepção, mas

Rose acenou como se não fosse nada e passou correndo. Quando voltou ao quarto 213, Joshua virou-se impacientemente, estendendo a mão para ela abrir as algemas. Rose agachou o mais rápido que pôde e o soltou. A algema caiu e Joshua segurou o pulso. Tinha ficado um círculo vermelho do anel onde a pele havia roçado. Assim que ficou livre, ele se levantou, com os punhos cerrados, e caminhou até a janela. Se estava procurando a SUV, o carro já tinha ido embora havia muito tempo.

– Onde está meu telefone? – perguntou ele.

Estava perto da porta do banheiro. Rose o pegou e estendeu para ele. Mas Joshua não o pegou. Estava de costas para ela, olhando pela janela. Rose ficou longe dele. A raiva de Josh vinha fervendo enquanto estivera preso, e ela não queria estar por perto quando explodisse. Ela olhou para a tela do telefone dele. Joshua tinha uma nova mensagem. Rose não sabia se dizia a ele ou não.

O rosto de sua mãe lhe voltou à cabeça. Os óculos pretos eram novos, a armação mais grossa do que as que ela normalmente usava. Talvez fossem parte de seu disfarce. Brendan disse que estavam em sua última missão. Isso significava que planejavam matar algum bandido, alguém que merecia morrer. Será que sua mãe realmente tomaria parte nisso?

Joshua olhava para ela. Sua expressão abatida parecia refletir tudo o que tinham descoberto e ouvido ao longo das últimas horas. Eles estavam perplexos. Crianças abandonadas que pensavam ter perdido tudo cinco anos atrás. Como não sabiam de nada na época.

Josh ficou ao lado de Rose. Pegou o telefone e passou o outro braço em volta do pescoço dela, puxando-a em sua direção. O corpo dele estava muito quente, a parte de trás de seu suéter, úmida. Rose esfregou o rosto contra a lã e passou os braços ao redor dele. Joshua olhava para o telefone.

– Veja isso – disse Josh, a voz suave em seu ouvido.

Ela olhou para a tela do telefone. Havia uma mensagem: **Só soubemos agora da morte do seu amigo. Sentimos mais do que podemos dizer. Nunca deixaríamos isso acontecer, mas algumas coisas parecem ter saído do controle. Amamos muito os dois e falamos sobre vocês todos os dias. Um dia, estaremos juntos novamente. Beijos, papai (e mamãe).**

– Eles não sabiam – disse Joshua, um sorriso muito discreto nos lábios. – Eles não sabiam de nada sobre a morte do Skeggsie.

Rose assentiu olhando para a palavra *mamãe*. Entre parênteses.

– Eu estava certo. Papai e Kathy são inocentes nesse caso – concluiu Joshua.

Mas culpados de outras coisas, pensou Rose. *Culpados de assassinato.*

XXX

Tudo estava no lugar quando Stuart Johnson saiu do hospital. A casa tinha sido limpa e arrumada. O celular pré-pago fora devolvido ao pequeno cofre, trancado e guardado em meio às coisas de Stuart no armário da escola. A outra caixa de aço fora preenchida de novo com toda a papelada do Caso Borboleta, trancada e enrolada em um pano de prato. Eles a puseram de volta no motor do MG. Joshua prendeu o estepe no lugar de novo e, em seguida, cobriram o antigo carro com a lona e trancaram a porta da garagem.

Joshua pôs a confissão de Stuart de volta no envelope e o lacrou. Depois devolveu-o ao pacote do Testamento e guardou na gaveta da mesinha de cabeceira.

Tudo estava como antes de chegarem ali.

Agora Stuart não teria ideia de que seu segredo fora descoberto.

Ele sorria quando saiu do táxi e olhou para a casa com certo alívio. Sem dúvida, durante aquela longa noite na saliência do penhasco, ele devia ter pensado que nunca mais a veria. Rose sentiu-se invadida por uma onda inesperada de pena dele. Stuart não se parecia nada com Brendan. Ele era mais jovem e mais baixo, e sua pele, avermelhada. Stuart se apoiou em Joshua enquanto caminhava até a casa. O rosto de Joshua era indecifrável. Uma hora, ele deu uma risadinha, e Rose se perguntou como ele conseguia fingir.

Só por um dia, Rosie. Finja que nada disso aconteceu só por um dia. Então a gente volta para Londres, Joshua dissera.

Parte da perna de Stuart fora engessada e ele ainda estava um pouco machucado e abatido. Stuart se deslocou desajeitadamente pelo corredor e depois até a sala de estar e se sentou, o corpo caindo com força na cadeira. Rose ficou com ele enquanto Joshua preparava algo para beberem. Stuart segurou a mão dela firmemente e lhe disse que sentia muito por seu amigo. Rose manteve um sorriso no rosto e lhe perguntou sobre os ferimentos. Falaram sobre o hospital e quanto tempo levaria para ele voltar a trabalhar.

Joshua pegou a jaqueta e deu ao tio. Stuart gostou, Rose podia ver. Ele sorria, olhando com atenção a jaqueta e elogiando os bolsos e o couro macio. Depois disse que mal podia esperar para usá-la.

Eles seguiram com a farsa.

Nada preocupante foi mencionado.

À tarde, bateram à porta e, quando Rose abriu, Susie Tyler estava lá parada. A seu lado havia uma grande mala. Rose a trouxe para dentro e ela correu para a sala, sentou-se ao lado de Stuart e o abraçou. Seu rabo de cavalo balançava para cima e para baixo quando irrompeu em lágrimas e disse o quanto se sentia feliz por ele estar vivo e quanto o amava.

Ela tinha visitado Stuart no hospital alguns dias e lhe dissera que tinha deixado Greg para sempre e que moraria com ele, para poderem ter seu bebê juntos. Joshua e Rose olhavam com descrença para o casal.

Ela o abandonou à morte, pensou Rose quando Susie subiu depressa para desfazer a mala. Mas Stuart estava radiante e cantarolando músicas a noite toda.

No dia seguinte, o Mini estava à sombra do Anjo do Norte. Era dia de Ano-Novo e o sol era um globo deslumbrante em um céu plano e azul. As asas do Anjo projetavam uma coluna de escuridão pelos campos e pelo estacionamento. Rose quase arrumou um torcicolo esticando o pescoço para olhar pela janela do carro para o topo da criatura sem rosto que vira no pôster do quarto do Skeggsie.

Eles estavam voltando para Londres.

Tudo estava empacotado na parte de trás do Mini.

Joshua olhava para o celular. Rose pensou se partiriam ou ficariam ali sentados. Ela não perguntou – apenas deixou o silêncio pairar no ar. Era assim que tinham sido as coisas nos últimos dias. Eles estavam juntos e ainda assim havia aquele grande volume de coisas não ditas entre eles.

Havia grupos de pessoas atravessando os campos, vindos da estrada, em direção à grande estátua. Dava para ver um trem passando ao longe. Sem dúvida havia pessoas lá olhando pela janela, apontando para aquele monólito. Skeggsie queria levar Joshua para vê-lo. Rose imaginou os dois olhando para o gigante de metal, Skeggsie dando a Joshua o máximo de informações que tinha. *Asas da largura das de um grande avião a jato!* Talvez Joshua fosse falar sobre a engenharia da estátua, quantos homens tinham sido necessários para fazê-la, a montagem, a soldagem. *Não muito diferente de uma ponte,* imaginou Skeggsie dizendo, só para agradar a Joshua.

Sentiu um nó na garganta e tentou engolir algumas vezes. Estava à beira das lágrimas. Virou-se e olhou na outra direção, para o lado de Newcastle. Era o lugar em que Skeggsie tinha sido criado e de onde agora nunca sairia.

Joshua olhava pela janela para o Anjo. Não parecia ter a intenção de dizer algo. Rose fechou os olhos e deitou a cabeça no encosto.

Estava cansada.

A investigação sobre a morte de Skeggsie continuava.

Bob Skeggs aparecera para falar com eles algumas noites antes. Os cientistas forenses tinham algumas boas notícias. Skeggsie tinha revidado. Haviam encontrado pele e sangue sob suas unhas. Isso significava que eles contavam com uma amostra de DNA e, embora ainda não tivessem descoberto quem era o assassino, as informações ficariam no banco de dados. Além disso, algumas câmeras de lojas mais para cima na Jesmond Road tinham captado a imagem de um jovem com uma balaclava caminhando para longe da cena por volta das onze e vinte. Também tinham captado a imagem de uma mulher de cabelo claro passeando com seu cachorro, mas Bob Skeggs descartara essa ideia. *Era um daqueles cachorros do tipo Jack Russell*, ele dissera.

Era muito cedo para falar sobre um funeral para Skeggsie, Bob dissera, mas assim que fosse marcado ele os avisaria. Bob insistira mais uma vez para Joshua usar o carro de Skeggsie e o apartamento até o final do ano letivo. Eles podiam falar a respeito mais para a frente. Quando Bob se levantou para sair, Joshua o seguiu até o corredor e Rose ouviu os dois conversarem por um longo tempo. Quando Josh entrou em casa, ele parecia choroso e ligou a televisão, o som alto.

Eles tinham falado sobre seus pais e o Caso Borboleta, mas sempre rapidamente. A conversa começara bem, mas logo se tornara áspera. Joshua ficara na defensiva e dissera que eles não tinham ouvido toda a história e que não conheciam todos os fatos. Rose mergulhara na tristeza. De um fato, eles tinham certeza. Seu pais estavam envolvidos em assassinato, eliminação; qualquer nome que quisessem dar. Não era algo que Rose digeria bem.

Ouviram um bipe no carro.

– Nova mensagem – disse Joshua, sua voz quebrando o silêncio.

Rose olhou para ver de quem era a mensagem. O nome de Bob Skeggs estava na tela.

– Por que o pai do Skeggsie está lhe mandando uma mensagem?

– Pedi a ele para fazer algo para mim.

– O quê?

– Pedi a ele para mexer uns pauzinhos e rastrear a origem da mensagem que recebi de meu pai e da Kathy.

Rose não disse nada. Ficou olhando para as próprias mãos.

– É uma coisa difícil de fazer. É necessário todo tipo de autorização, mas Bob está em uma boa posição no momento. Muitas pessoas estão sentindo pena dele, e assim foi possível Bob pedir alguns favores. Ele perguntou às pessoas que conhece no departamento que cuida dos casos de drogas, e eles concordaram em ajudar.

Rose não diria nada. Não seria mais arrastada para aquilo. Ela estava deixando o passado para trás. Joshua não notou seu silêncio e continuou falando:

– Eles só conseguem triangular a área de onde a mensagem pode ter vindo. Aqui, ele me passou alguns códigos postais...

Joshua entrou no Google Maps em seu telefone.

– Olha, é algum lugar entre Wickby, Southwood e Hensham. É de lá que veio a mensagem.

– Por que você fez isso?

– Quero saber onde eles estão, Rose.

Rose olhou para o triângulo no mapa. Três pequenas vilas em Essex.

– Meu pai mandou a mensagem de lá. Isso não significa que é lá que estão, mas aquela mensagem foi enviada às pressas. Acredito que eles estejam em algum lugar naquela área.

– Fazendo o quê? Esperando para matar alguém?

– Não sei. Mas, seja lá o que estiverem fazendo, vou encontrá-los. Não vou desistir. Tenho que continuar. Pelo Skeggsie.

Joshua estava com a mão sobre a dela. Rose sabia que o apoiaria no que ele quisesse fazer, mas, em seu coração, ela não queria se envolver. Não agora que sabia a verdade.

– Vamos lá – sussurrou ele. – Vamos ver o Anjo de perto. Da maneira que Skeggsie queria.

Eles saíram do carro e caminharam em direção ao Anjo, que os saudava com seus braços estendidos.

Impresso na JPA, Rio de Janeiro, RJ.